Sir Arthur Conan Doyle
(d. 22 Mayıs 1859, Edinburgh – ö. 7 Temmuz 1930, Sussex)

Arthur Ignatius Conan Doyle. Polisiye edebiyatın en önemli karakteri Sherlock Holmes'ün yaratıcısı. Aslen bir tıp doktoru olan Conan Doyle mesleğe başladıktan sonra ilk Holmes macerası *Kızıl Dosya*'yı yayımladı.

Yazdığı eserler dolayısıyla şövalyelikle onurlandırıldı ve "Sir" unvanı kazandı. Kariyerinin sonraki dönemlerinde paranormal olaylara ve doğaüstü canlılara merak salan yazar, kalp krizinden hayatını kaybetti.

Kızıl Dosya
Arthur Conan Doyle

Orijinal Adı *A Study in Scarlet*

İthaki Yayınları *1329*

Dizi Editörü *Merve Çay*
Yayıma Hazırlayan *Yankı Enki*
Kapak İllüstrasyonu *Fatma Süleymanoğlu*
Kapak Tasarımı *İthaki Yayınları*
Sayfa Düzeni ve Baskıya Hazırlık *İthaki Yayınları*
4. Baskı, Nisan 2024, İstanbul

ISBN **978-605-375-778-8**

Sertifika No **63989**

İthaki™ İthaki Yayıncılık Basın Sanayi ve Ticaret A.Ş.'nin tescilli markasıdır.
Caferağa Mah. Neşe Sok. 1907 Apt. No: 31 Moda, Kadıköy-İstanbul
Tel: (0216) 348 36 97 Faks: (0216) 449 98 34
editor@ithaki.com.tr – www.ithakiyayingrubu.com

Kapak, İç Baskı: Deniz Ofset Matbaacılık
Maltepe Mah. Hastane Yolu Sok. No: 1/6, Zeytinburnu-İstanbul
Tel: (0212) 613 30 06 denizmatbaamucellit@gmail.com
Sertifika No: 48625

İTHAKİ DÜNYA KLASİKLERİ

ARTHUR CONAN DOYLE

KIZIL DOSYA

SHERLOCK HOLMES

Çeviren
ASLIHAN KUZUCAN

ithaki

ÖNSÖZ*

RUTH RENDELL

Bir yazar ve yapıtı için şöhretin zirve noktası, yarattığı bir karakterin okurlar tarafından gerçek bir kişi olarak görülmesidir. Karakter öyle etraflıca ve derinlikli çizilmiştir, davranışları ve alışkanlıkları, eğilimleri ve meziyetleri öyle oturmuştur, görünümü öyle net bir şekilde betimlenmiştir ki okurların bunun yaşayan bir insan olduğundan en ufak bir şüphesi kalmaz.

Charles Dickens'ın Bay Pickwick'i ve bana kalırsa Shakespeare'in (ve Verdi'nin) Falstaff'ı bu gibi karakterlerdendir. Ama bunlardan hiçbiri bir karakterin gerçekten yaşadığına yönelik kanaat konusunda Sherlock Holmes'la kıyaslanamaz. Baker Sokağı 221b'deki Sherlock Holmes Müzesi'ne yakın bir yerde yaşadığım zamanlarda ziyaretçiler beni durdurup "Sherlock Holmes nerede yaşamıştı" hatta "nerede yaşıyor" diye soruyorlardı. Onun gerçek bir dedektif olduğuna inanıyorlardı. Dr. Watson'ın günlükle-

* Çeviren: Ömer Ezer

rini, korkusuz dedektifin maceralarının gerçek kayıtları sanıyorlardı.

İlk novellası *Dörtlerin İmzası* yayımlandığında Sir Arthur Conan Doyle'a, Sherlock Holmes'e yazılmış mektuplar gelmeye başlamıştı. Bir hayranı, tütün külü üzerine yazdığı monografın bir kopyasını istemiş, bazıları da Holmes'ten imza rica etmişlerdi; kimisi Holmes'e hediye olarak keman yayı ve sarma tütün de yollamıştı. Biri de Sherlock Holmes'ün kâhyası olmak için iş başvurusunda bulunmuştu. Dedektif, ünlü bir isim olmuş ve ulusal bilincin bir parçası haline gelmişti. Öyle ki Kraliçe Victoria kadar ünlüydü.

Fakat Doyle'a göre Sherlock Holmes'ün şöhreti onun daha ciddi eserlerine gölge düşürmüştür. Yazar, Holmes öyküleri için 'ikinci dereceden bir edebi başarı' tanımını yapmıştır. Yazarın "çorba parası çıkarmak" için yazılmış eserler olarak nitelediği Holmes hikâyeleri gerçek bir zekâ ürünü olarak görülürken, edebi tarih romanları okunmaya pek değer bulunmayıp büyük ölçüde unutulmuştur.

Doyle, Holmes öykülerini yazmaya 1887 yılında başladı ve on yıl içinde dört roman ve elli altı kısa öykü yazdı. Yazdıkları dedektif öykülerinin ilk örnekleri değildi. William Godwin'in *Caleb Williams'ın Maceraları* eseri, Edgar Allan Poe'nun öyküleri ve Wilkie Collins'in *Aytaşı* romanı vs. yazılalı çok olmuştu, fakat bir kahraman, bir kişilik ve bir yıldız olarak sunulan ilk başkarakter onunkiydi. Holmes, Doyle'un hayatı boyunca ve sonrasında ünlü bir karakter olmakla kalmamış, dünya çapında suçları araştıran ve suçluların peşine düşen binlerce kurmaca dedektifin de atası olmuştur.

Holmes'ü başkarakter ve kahraman olarak tanımlasam da, öykülerinden yalnızca ikisinde, *Musgrave Ritüeli Macera-*

sı ve *Gloria Scott Macerası*'nda anlatıcı olarak karşımıza çıkar. Başka iki öykü de üçüncü şahıs ağzından anlatılır. Soruşturmalarının ve başarılarının günlüklerini tutmak, gelecekteki birçok "dedektif yardımcısı"nın öncüsü olan Dr. Watson'ın görevidir. Watson, maceraları Holmes'e göre daha dramatik bir şekilde kayıt altına alır. Holmes, Watson'ın vakaların duygusal taraflarına daha fazla vurgu yapmasından ve çıkarım metotlarını ihmal etmesinden şikâyetçidir. Okurlar ise bu konuda hemfikir değildir. Modern tıp bilimine göre biraz amatörce duran çıkarım metotları her ne kadar eğlenceli olsa da öykülerin başarısı, yaratılan bu ürkütücü, esrarengiz atmosfere ve Holmes'ün tuhaflığı ile esrarengiz albenisine dayanmaktadır.

Doyle, tüm okurlar gibi kendi okurlarının da yarattığı karakterlerle özdeşleşmek isteyebileceğinin farkındaydı. Viktoryen dönemde de tıpkı bugün olduğu gibi ünlülere karşı ilgi duyuluyordu fakat onların ünlüleri pop şarkıcıları ve modeller yerine zengin ve toprak sahibi olan üst sınıflardı. Yani her ne kadar öykülerini parmağını kaybeden bahtsız mühendis ya da tavşan dudaklı kılık değiştirme ustası gibi karakterlerle doldurabilse de -ki bu ikisi yazdığı en iyi hikâyelerdendir- okurların ilgisini çekebilmek için aynı zamanda "imparatorluğun en değerli varlıklarından" olan mücevherlerle süslenmiş taç ve bir kontesin mücevher kutusundan çalınmış fevkalade mavi yakut hakkında da yazması gerektiğini anlamıştı. İki hikâyesinde kralların kendisine müşteri olarak geldiği belirtilirken unvan sahibi birçok erkek ve kadın da hikâyelerinde bolca görülebiliyordu. Holmes, emeklerinin karşılığını almakla kalmamış, *Altın Kelebek Gözlük Macerası*'nda Şeref Nişanı'na da layık görülmüştür.

Aynı zamanda Hollanda kraliyet ailesi kendisine müthiş bir yüzük, Kraliçe Viktorya ise zümrüt bir yaka iğnesi hediye eder.

Doyle'un tüm yazdıkları arasında muhtemelen en ünlüsü *Baskerville'lerin Köpeği* adlı uzun hikâyedir. Popülaritesini kasvetli, tekinsiz ortamına ve gizemi çözdüğünde Holmes tarafından etkileyici bir şekilde açığa çıkarılan doğaüstü unsurlarına borçludur. Olağanüstü bir özgünlüğe sahip bu öykü ilk kez yayımlandığında okurların tüylerini ürpertmiş olmalı. Bugün bile insanı derinden ürkütür. Fakat Dr. John Watson'ın kendini ve Sherlock Holmes'ü takdim ettiği *Kızıl Dosya* öyküsü de bir o kadar iyidir ve bizi on dokuzuncu yüzyılın son zamanlarındaki Amerika'ya, ilk yerleşimcilerin ve haydutların toprağına götürme meziyetine sahiptir. Bu özenle yazılmış hikâyeler okurlarına daha önce belki de hiç görmedikleri bir şeyi sunar, onlara karakterlerinin Amerika kıtası boyunca Rocky Dağları'ndan Utah'a yolculuk edişini, Mormonları, çokeşliliği ve Salt Lake City'deki büyük tapınağı gösterir. Ayrıca Watson, Holmes'un "tespit işini, bu dünyada gerçek bir bilime en çok yaklaşabileceği noktaya getirmeyi başardığını" söyleme şansını da bu kitapta bulmuştu.

Öykülerde büyük bir tutku ve epeyce sevgi de vardır. Dr. Watson *Dörtlerin İmzası* sürecinde âşık olur ve evlenir. Birçok hikâye, seçtikleri erkeklerle evlenememe ya da istemedikleri biriyle evlendirilme korkusu yaşayan kadınların kaderini konu edinmiştir. Ama işin içinde cinsellik hiç yoktur. Yıl 1880'ler ve 90'lar olduğundan gayrimeşru cinsel ilişki tasvip edilmeyen bir şeydi ve yalnızca öykülerin kötü karakterlerinin ya da erdemsiz kadınların özelliği olarak işlenirdi.

Sadece Irene Adler bir erkeğin metresi olup da paçayı kurtarmıştır ki bu erkek de Bohemya Kralı'dır. Hatta Irene Adler paçayı kurtarmakla kalmaz, mutlu bir evlilik yapar, ayrıca Holmes tarafından da yere göğe sığdırılamaz. Sonuçta o, *asıl* kadındır ve onu ayrı tutmak gerekir.

Holmes bakir olmasına bakirdir ama onun da kendi ahlâki kusurları vardır. Watson'ın da oldukça üzüldüğü üzere kokain bağımlısıdır ve ara sıra morfin de kullanır. Holmes'un bir araştırma sırasında ziyaret ettiği esrar tekkesini Watson'ın uygun bulmamasının sebebi uyuşturucudan iğrenmesi değil, bu maddenin kullanan kişiyi yozlaştırmasıdır. Tevazu denilince de Holmes akla gelmez. Ne kadar küçük olursa olsun hiçbir şansı kaçırmaması gerektiği söylendiğinde şu yorumda bulunur: "Büyük zihinler için hiçbir şey küçük değildir." Fakat başka bir olayda, bir suç hakkında yanlış bir teşhiste bulunduğu zaman Watson'a şayet 'yeteneklerine biraz fazla güveniyor gibi' durursa kendisine bu vakayı hatırlatmasını söyler. Duygularını nadiren açığa vuran biridir ama maceralarını kayda geçiren sadık dostu Watson yaralı bir şekilde yatarken gözleri dolar.

Okurlar, *Son Vaka* hikâyesinde Moriarty'yle o meşhur karşılaşması sonucunda Holmes'ün öldüğü izlenimini edinirler. Doyle'un, bu ölümün Reichenbach Şelaleleri'ndeki düello sonucu gerçekleşmesini planladığı şüphesizdir. Ancak dedektifin veda mektubu oldukça belirsizdir ve cesedi de asla bulunamaz. Doyle, Holmes ve maceralarını sona erdirmek istemiş olsa da bunun öyle kolay bir iş olmayacağını fark etmiştir. Holmes bir kalemde silinemeyecek kadar ünlenmiştir ve yazarı, her ne kadar 'aşırı doz Holmes'dan öleceğini' söylese de ünlü dedektifini hayata döndürmüş,

Baskerville'lerin Köpeği'nde geçmişteki maceralarından birini yazmış, *Sherlock Holmes'ün* Dönüşü'nü ise daha olumlu ve güncel bir hikâye olarak kaleme almıştır.

Bazı okurlar anlayışsızlıkla -ve bana kalırsa adaletsizce- Holmes'ün geri döndükten sonra değiştiğini söylemişlerdir. Ben buna katılmayanlardan biriyim. *Norwood'lu İnşaat Ustası Macerası* ve *Altın Kelebek Gözlük Macerası*, yazdığı en iyi hikâyeler arasındadır ve *Son Selam*'da da formunu korur. Watson bize onun hayatta ve iyi olduğunu söyler. Tarih 1914'tür, Birinci Dünya Savaşı yaklaşmaktadır ve şeref nişanlarıyla ödüllendirilmiş, dünyaca ünlü Holmes, 'zekâsı ve pratikliğiyle harmanladığı yeteneklerini hükümetin hizmetine sunar.'

İyi ki de sunar, çünkü Doyle'un Watson kılığına girip önümüze Sherlock Holmes'un başka maceralarını sermesini sağlayacak bütün bahaneleri mutlulukla karşılarız.

BİRİNCİ KISIM

(Askeri Tıp Birimi'nde çalışmış merhum Doktor John H. Watson'ın hatıralarından derlenmiştir.)

1

BAY SHERLOCK HOLMES

1878 yılında, Londra Üniversitesi'nden Tıp Doktoru derecesiyle mezun olduktan sonra ordu doktorları için öngörülen kursa katılmak üzere Netley'e gittim. Oradaki eğitimimi tamamladıktan sonra, usulen Northumberland Beşinci Hafif Piyade Tugayı'nda Yardımcı Cerrah olarak göreve başladım. O sırada alay, Hindistan'a atanmıştı ve onlara katılmama fırsat kalmadan ikinci Afgan savaşı patlak verdi. Bombay'a ayak bastığımda kolordumun hatlardan geçerek ilerlediğini ve çoktan düşman topraklarına sızdığını öğrendim. Yine de benimle aynı durumda olan birçok subayla birlikte kolorduyu takip ederek güvenli bir şekilde Kandahar'a varmayı başardım. Orada alayımı buldum ve hemen yeni görevime başladım.

Harekât birçoğuna itibar ve rütbe kazandırsa da, benim için talihsizlikten ve felaketten ileriye gidemedi. Tugayımdan çıkarılıp ölüm kokan Maiwand Savaşı'nda birlikte mücadele verdiğim Berkshires alayında görevlendirildim. Orada omzumdan bir Jezail* kurşunuyla vuruldum. Kur-

* Britanya Hindistan'ı, Orta Asya ve Ortadoğu'da kullanılan bir tür tüfek. *–çn*

şun, kemiği parçalayıp subklavyen arteri sıyırdı. Beni bir yük beygirinin üzerine atıp güvenli bir şekilde İngiliz saflarına getirmeyi başaran emir erim Murray'nin bağlılığı ve cesareti olmasaydı, tehlikeli savaşçıların ellerine düşmem işten bile olmazdı.

Acıdan tükenmiş ve bitmek bilmez zorluklara maruz kalıp güçten düşmüş bir şekilde, Peşaver'deki askeri üs hastanesine götürülmek üzere, içi yaralılarla dolu kocaman bir trene bindirildim. Orada toparlandım ve neredeyse koğuştan koğuşa yürüyecek, hatta verandada güneşin tadını biraz da olsa çıkaracak kadar iyileştiğim sırada Hintlilerden aldıklarımızın bir laneti olarak tifoya yakalandım. Aylarca hayatımdan umut kesilmişti. En sonunda kendime gelip nekahet dönemine girdiğimde öylesine zayıf haldeydim ki, sağlık kurulu İngiltere'ye bir gün bile beklemeden gönderilmem gerektiğine kanaat getirdi. Bu doğrultuda *Orontes* gemisine sevk edildim. Bir ay sonra Portsmouth limanına indiğimde sağlığım eski haline kavuşamayacak kadar bozulmuştu, ama elimde babacan bir devletten alınmış, önümdeki dokuz ayı iyileşmek için kullanmamı sağlayan bir izin vardı.

İngiltere'de kimim kimsem yoktu ve bu nedenle bir kuş kadar ya da günlük on bir şilin ve altı penilik bir gelirin bir insana sağlayacağı kadar özgürdüm. Bu şartlar altında, doğal olarak, imparatorluğun bütün aylaklarının ve işsizlerinin ister istemez doluştuğu o mezbeleliğe, Londra'ya yöneldim. Orada, Strand'deki bir otelde, bir süre huzursuz, anlamsız bir yaşam sürdürüp elimdeki tüm parayı harcayarak, hakkım olandan epey özgür bir şekilde yaşadım. Parasal durumum alarm verdikten kısa bir süre sonra, ya bu büyük şehirden ayrılıp ülkenin herhangi bir köyüne yerleşmem ya da yaşam tarzımı tamamen değiştirmem gerektiğini fark ettim. İkinci seçenekte karar kılıp otelden ayrılarak, kalacak daha az gösterişli ve daha az pahalı bir yer bulmaya ikna oldum.

Bu sonuca vardığım ilk gün Criterion Bar'da, ayakta duruyordum. Bu sırada biri omzuma dokundu. Arkama döndüğümde Bart's'tayken benim emrimde stajyer cerrah olarak çalışan Stamford'ı gördüm. Londra'nın uçsuz bucaksız kalabalığında tanıdık bir yüz görmek, yalnız bir adam için gerçekten de çok hoş bir duyguydu. Eskiden Stamford'ın benim için özel bir dost olduğu falan yoktu ama şimdi onu coşkuyla selamlamıştım ve o da beni gördüğüne çok sevinmiş gibiydi. Sevincimin heyecanıyla ona Holborn'da benimle öğle yemeği yemesini teklif ettim. Birlikte bir faytona bindik.

"Nerelerdeydin, Watson?" diye sordu şaşkınlığını gizlemeden, kalabalık Londra sokaklarında sohbet ederken. "Bir deri bir kemik kalmışsın. Üstelik rengin de tıpkı bir fındık gibi kararmış."

Maceralarımdan kısaca söz edip konuşmamı tam bitiriyorken, gideceğimiz yere vardık.

"Zavallıcık!" dedi acımı paylaşarak, talihsizliklerimi dinledikten sonra. "Şimdi neler yapıyorsun?"

"Kalacak yer arıyorum," diye cevapladım. "Makul bir fiyata rahat oda bulabilmenin mümkün olup olmadığı sorununu çözmeye çalışıyorum."

"Çok tuhaf," dedi arkadaşım; "bugün benimle konuşurken bu ifadeyi kullanan ikinci kişisin."

"Peki ya ilki kimdi?" diye sordum.

"Hastanedeki kimya laboratuvarında çalışan bir arkadaş. Güzel evler bulmuş ama epey tuzluymuş. Kirayı kırışacak birini bulamadığı için söylenip duruyordu."

"Vay canına!" diye bağırdım. "Evi ve harcamaları paylaşacak birini gerçekten istiyorsa, ben tam onun aradığı kişiyim. Yalnız olmaktansa yanımda birinin olmasını tercih ederim."

Genç Stamford şarap kadehinin üzerinden bana tuhaf gözlerle bakıyordu. "Henüz Sherlock Holmes'ü tanımıyorsun," dedi, "daima yanında olmasından pek hoşlanmayabilirsin."

"Neden, ne kötülüğü var ki?"

"Ah, bir kötülüğü olduğunu söylemedim. Sadece fikirleri biraz uçuktur. Bilimin bazı dallarına çok meraklıdır. Bildiğim kadarıyla oldukça düzgün biri."

"Sanırım tıp öğrencisi, öyle mi?" dedim.

"Hayır, neyle meşgul olduğunu bilmiyorum. Anatomiden çok iyi anladığını düşünüyorum. Üstelik birinci sınıf bir kimyager; ama bildiğim kadarıyla hiçbir zaman düzenli olarak tıp dersleri almadı. Çalışmaları çok gelişigüzel ve garip. Ama profesörleri hayrete düşürecek derecede olağandışı bir bilgi dağarcığına sahip."

"Ona neyle meşgul olduğunu hiç sormadın mı?" diye sordum.

"Hayır; konuşturması çok kolay bir adam değil, gerçi hayal gücü onu ele geçirdiğinde epey konuşkan olabiliyor."

"Onunla tanışmayı çok isterim," dedim. "Biriyle birlikte oturacaksam, çalışkan ve sessiz birini tercih ederim. Henüz çok fazla gürültüye ya da heyecana dayanabilecek kadar güçlü değilim. Afganistan'dayken her ikisine de hayatımın geri kalanına yetecek kadar maruz kaldım. Arkadaşınla nasıl tanışabilirim?"

"Laboratuvarda olduğundan eminim," diye cevapladı arkadaşım. "Ya haftalarca önünden bile geçmez ya da sabahtan akşama kadar orada çalışır. İstersen öğle yemeğinden sonra birlikte gidebiliriz."

"Kesinlikle," diye cevapladım ve sohbet başka konulara kaydı.

Holborn'dan çıkıp hastaneye doğru yola koyulduğumuzda, Stamford bana ev arkadaşı olmayı teklif ettiğim beyefendiyle ilgili birkaç özellikten daha söz etti.

"Onunla anlaşamazsan hiç beni suçlama," dedi. "Hakkında, onunla birkaç kez laboratuvarda tesadüfen karşılaşmam sırasında öğrendiklerimden daha fazlasını bilmiyorum. Bu planı sen teklif ettin, beni sorumlu tutamazsın."

"Anlaşamazsak yolları ayırmak kolay olur," diye cevapladım. "Bana öyle geliyor ki, Stamford," diye ekledim, arkadaşıma dikkatlice bakarak, "bu konudan uzak kalmak için bazı nedenlerin var. Bu adamın huyu mu kötü, nedir? Dürüst davran."

"Tarifsiz bir şeyi tarif etmek kolay değil," diye cevapladı, bir kahkaha patlatarak. "Holmes bana göre fazla bilimsel; soğukkanlılığa varan bir bilimsellik bu. Onu, tamamen kötü niyetsiz bir şekilde, sadece etkileri konusunda kesin bir fikre varabilmek için, araştırmacı ruhla, bir arkadaşına son çıkan sebze alkaloitinden bir parça verirken düşünebiliyorum. Hakkını teslim edeyim, alkaloitten kendisi de aynı hevesle içerdi. Kesin bilgiye dair bir tutkusu var gibi."

"Bu iyi bir şey."

"Evet, ama sınırları zorlayabiliyor. İş, otopsi odasında kadavraları sopayla dövmeye gelince, olaylar kesinlikle tuhaf bir şekil alıyor."

"Kadavraları dövmek mi?"

"Evet, ölümden sonra ne kadar morluk oluşabileceğinden emin olmak için. Kendi gözlerimle gördüm."

"Ve tıp öğrencisi olmadığını mı söylüyorsun?"

"Hayır. Ne üzerine çalıştığını Tanrı bilir. Ama işte geldik, sen de onun hakkındaki izlenimlerini kendin edinmelisin." Konuşmasına devam ederken dar bir yola saptık, kocaman hastanenin ek binasına açılan küçük bir yan kapıdan geçtik. Burası bana tanıdıktı ve kasvetli taş merdivenlerden çıkıp beyaz badanalı, karanlık kapılı uzun koridordan geçerken rehbere ihtiyacım yoktu. Sona yaklaşınca alçak kavisli bir geçit ortaya çıkıyor ve kimya laboratuvarına doğru uzanıyordu.

Burası sayısız şişeyle dolup taşan yüksek tavanlı bir odaydı. Geniş, alçak masalar her yere saçılmıştı ve üzerleri imbikler, deney tüpleri ve mavi alevli, küçük Bunsen lambalarıyla kaplıydı. Odada, uzaktaki bir masaya doğru eğilmiş, işine dalmış tek bir öğrenci vardı. Ayak seslerimizi duyunca etrafına bakındı ve hoşnutluk belirten bir nidayla ayağa fırladı. "Buldum! Buldum," diye bağırdı arkadaşıma, elinde deney tüpüyle bize doğru koşarken. "Hemoglobin dışında çökelmeyen bir reaktif buldum." Eğer altın madeni bulmuş olsaydı, yüzünden bu denli büyük bir sevinç okunmazdı.

"Dr. Watson, Bay Sherlock Holmes," dedi Stamford, bizi takdim ederek.

"Nasılsınız?" dedi dostane bir şekilde ve elimi öylesine güçlü sıktı ki, ona çıkışabilirdim. "Afganistan'da bulunmuşsunuz."

"Bunu nereden bildiniz?" diye sordum şaşkınlık içinde.

"Boş verin," dedi, kendi kendine kıkırdayarak. "Şu andaki mesele, hemoglobin. Bu keşfimin ne anlama geldiğini bildiğinize ne şüphe?"

"Kimyasal açıdan ilginç olduğu şüphesiz," diye cevapladım, "ama pratikte..."

"Ah, dostum, bu, yıllardır yapılmış en pratik adli tıp keşfi. Kan lekelerini hatasız bir şekilde test etmemizi sağlayacak. Hemen buraya gelin!" Sabırsızlık içinde beni ceketimin kolundan yakalayıp çalıştığı masaya doğru çekti. "Biraz taze kan alalım," dedi, parmağına uzun bir tığ batırıp çıkan kan damlasını bir tüpe damlatırken. "Şimdi de bu küçük miktardaki kanı bir litre suya ekliyorum. Ortaya çıkan karışımın saf su görünümünde olduğunu fark etmişsindir. Kan oranı milyonda birden fazla olamaz. Yine de karakteristik tepkimeyi elde edebileceğimizden şüpheliyim." Konuşmaya devam ederken bir kabın içine birkaç beyaz kristal attıktan sonra birkaç damla da saydam sıvı ekledi. Bir anda içeriğindeki her şey donuk bir kızıl kahverengiye dönüştü ve cam kabın dibine kahverengimsi bir toz çökeldi.

"Ha! Ha!" diye bağırdı, ellerini vurup yeni oyuncağına kavuşmuş bir çocuk gibi mutlu görünerek. "Ne düşünüyorsun?"

"Çok hassas bir teste benziyor," dedim.

"Güzel! Güzel! Eski Gayakum testi çok yetersiz ve belirsizdi. Mikroskobik kan hücresi incelemesi de. Mikroskobik inceleme, lekeler birkaç saatlikse hiçbir işe yaramıyordu. Şimdi ise bu kanın eski mi, yeni mi olduğuna bakmaksızın işe yarıyor gibi. Bu test eskiden icat edilmiş olsaydı, dünyada işledikleri suçların cezasını çok uzun zaman önce çekmiş yüzlerce insan olurdu."

"Doğru!" diye mırıldandım.

"Cinayet vakaları devamlı bu noktada kilitlenir. İnsanlardan, suçu işledikten belki aylar sonra şüpheleniliyor. İç çamaşırları ya da giysileri inceleniyor ve kahverengimsi lekeler tespit ediliyor. Bunlar kan lekesi mi, çamur lekesi mi, pas lekesi mi, meyve lekesi mi, ne? Bu, birçok uzmanın aklını kurcalayan bir sorun. Peki ya neden? Çünkü güvenilir bir test yoktu. Artık Sherlock Holmes testimiz var ve artık zorluk çekilmeyecek."

Konuşurken gözleri parlıyordu. Elini kalbine koydu ve hayal gücüyle yarattığı alkışlayan kalabalığa selam verir gibi eğildi.

"Sizi tebrik etmek gerek," dedim, coşkusu karşısında epey şaşkına dönerek.

"Geçen yıl Frankfurt'ta bir Von Bischoff vakası olmuştu. Bu test o zaman olsaydı, kesinlikle onu asarlardı. Bir de Bradford'lı Mason, adı kötüye çıkmış Muller, Montpellier'li Lefevre ve New Orleans'lı Samson vardı. Bu testin belirleyici olacağı yirmi tane vaka sayabilirim."

"Ayaklı bir suç takvimi gibisiniz," dedi Stamford, gülerek. "Bu konuda bir gazete çıkarmaya başlamalısınız. Adını da 'Geçmişten Polis Haberleri' koyarsınız."

"Okuması da çok ilginç olabilirdi," dedi Sherlock Holmes, küçük bir parça bantı parmağındaki kesiğe sararak. "Dikkatli olmam gerek," diye devam etti, gülümseyerek bana dönüp, "çünkü epey miktar zehirle uğraşıyorum." Konuşurken elini uzattığında her yerinin güçlü asitlerden rengi atmış, benzer bant parçalarıyla dolu olduğunu fark ettim.

"Buraya iş için geldik," dedi Stamford, üç ayaklı yüksek bir tabureye oturup ayağıyla diğerini de bana doğru iterken. "Arkadaşım kalacak yer arıyor ve siz de ev arkadaşı bulamamaktan şikâyet ediyordunuz. Ben de ikinizi bir araya getirmenin iyi olacağını düşündüm."

Sherlock Holmes evini benimle paylaşma fikrine sevinmiş göründü. "Gözüm Baker Sokağı'ndaki bir evde," dedi, "tam ikimize göre. Baskın tütün kokusundan rahatsız olmazsınız, değil mi?"

"Ben de hep tütün içerim," diye cevapladım.

"Çok güzel. Genelde her yerde kimyasallar olur ve ara sıra deney yaparım. Bu sizi rahatsız eder mi?"

"Asla."

"Bir düşüneyim, diğer kusurlarım neydi. Bazen canım sıkkın olur ve günlerce ağzımı açmam. Böyle olduğunda sakın somurttuğumu düşünmeyin. Yalnızca beni yalnız bırakın, kısa süre sonra kendime gelirim. Şimdi siz neler itiraf edeceksiniz? İki insanın birlikte yaşamaya başlamadan önce birbirinin kötü huylarını bilmesinde fayda var."

Bu çapraz sorgu karşısında bir kahkaha patlattım. "Bir silahım var. Gürültüye itiraz ederim, çünkü sinirlerim bozulur. Saçma sapan saatlerde uyanırım ve aşırı derecede tembelimdir. İyi hissettiğimde başka kötü huylarım da meydana çıkar, ama şimdilik en önemlileri bunlar."

"Gürültüye keman çalmak da dahil mi?" diye sordu, endişe içinde.

"Kimin çaldığına bağlı," diye cevapladım. "Güzel çalınan bir keman, tanrılar için bir ziyafettir, kötü çalınan ise..."

"Ah, sorun değil," diye bağırdı, neşeli bir kahkahayla. "Bence bunları iş kesinleştiğinde; evi beğenirseniz konuşalım."

"Evi ne zaman göreceğiz?"

"Beni yarın öğlen burada bulun. Birlikte gidip her şeyi hallederiz," diye cevapladı.

"Pekâlâ, öğlen oldu mu buradayım," dedim, elini sıkarken.

Onu kimyasallarıyla baş başa bırakıp birlikte otelime doğru yola çıktık.

"Bu arada," diye sordum aniden, durup Stamford'a dönerek, "benim Afganistan'dan geldiğimi nasıl anladı?"

Arkadaşım gizemli bir şekilde gülümsedi. "Bu da onun küçük bir numarası," dedi. "Birçok insan onun bunları nasıl anladığını merak eder."

"Ah! Bu bir sır mı?" diye bağırdım, ellerimi birbirine sürterek. "İnsanın aklına takılıyor. Bizi bir araya getirdiğin için sana borçluyum. 'İnsanın asıl konusu, insandır,' biliyorsun."

"O halde onu konu edinmelisin," dedi Stamford, vedalaşırken. "Onun karmaşık bir sorun olduğunu düşüneceksin. Bahse girerim, o senin hakkında, senin onun hakkında öğreneceğinden daha fazlasını öğrenecek. Hoşçakal."

"Güle güle," diye cevapladıktan sonra otelime doğru yavaşça ilerledim. Yeni tanıştığım arkadaşım epey ilgimi çekmişti.

2

TÜMDENGELİM BİLİMİ

Ertesi gün söylediği gibi buluşup, görüştüğümüz gün bahsettiği Baker Sokağı, 221B'deki evi inceledik. Ev iki rahat yatak odasından ve geniş, havadar, zevkli döşenmiş, iki kocaman pencerenin aydınlattığı bir oturma odasından oluşuyordu. Her şekilde cazip görünüyordu ve ikimizin arasında bölüşülünce şartlar da epey uygundu. Pazarlık hemen sonuca ulaştı ve evi hemen tuttuk. Ben o akşam eşyalarımı otelden taşıdım, Sherlock Holmes ise ertesi sabah birçok kutu ve bavulla çıkageldi. Bir-iki gün boyunca bavulları açıp evi en uygun şekilde düzenlemekle uğraştık. Bu iş bittikten sonra giderek yerleşmeye ve yeni çevremize alışmaya başladık.

Holmes, kesinlikle birlikte yaşaması zor bir adam değildi. Sessiz sakindi ve alışkanlıkları düzenliydi. Gece saat ondan sonra nadiren ayakta olurdu ve ben kalkmadan kahvaltısını mutlaka edip gidiyordu. Bazen bütün gününü kimya laboratuvarında, bazen de otopsi odasında geçiriyor, ara sıra uzun yürüyüşlere çıkıyor ve bu yürüyüşler onu şehrin kenar mahallelerine götürüyordu. Çalışmaya başladığında hiçbir şey enerjisiyle yarışamazdı; ama bazen günler boyunca oturma odasındaki koltukta tek kelime etmeden ya da sabahtan akşama kadar kılını bile kıpırdatmadan yatıyordu. Öyle olduğunda gözlerinde belirsiz, boş bir ifade yakalıyordum. Tüm hayatı ölçülü ve temiz olmasaydı, bir tür uyuşturucu bağımlısı olduğundan şüphelenebilirdim.

Haftalar geçtikçe onun hayattaki amacına olan ilgim ve merakım gittikçe derinleşerek arttı. Kişiliği ve görünüşü çoğu sıradan gözlemcinin dikkatini çekecek türdendi. Boyu bir seksenden fazlaydı ve öylesine zayıftı ki, olduğundan da uzun görünüyordu. Gözleri, sözünü ettiğim uyuşukluk zamanlarını saymazsam, keskin ve deliciydi; ince, şahinleri andıran burnu bütün ifadesine bir uyanıklık ve kararlılık katıyordu. Kare şeklindeki çenesi de, kararlı bir adam olduğuna işaret eden bir belirginliğe sahipti. Elleri her daim mürekkep ve kimyasal lekelerle dolu olsa da, onu sık sık narin tıbbi aletleriyle cebelleşirken inceleme fırsatı bulduğumda, çok nazik dokunuşları olduğunu fark etmiştim.

Bu adamın merakımı ne kadar celbettiğini ve kendisiyle ilgili konularda gösterdiği suskunluğu ne kadar sık bozmaya çalıştığımı itiraf ettiğimde, okuyucu beni sefil bir işgüzar olarak görebilir. Yargılamadan önce belirteyim, hatırlanacağı üzere, hayatım amaçsızdı ve ilgimi çeken pek az şey vardı. Havanın olağandışı bir şekilde güzel olmadığı zamanlarda sağlığım dışarı çıkmama engel oluyordu ve ziyaretime gelip günlük varlığımın tekdüzeliğini bozacak bir dostum da yoktu. Bu şartlar altında, arkadaşımın etrafında gezinen bu küçük sır perdesini coşkuyla selamladım ve zamanımın çoğunu bu sırrı açığa çıkarmakla geçirdim.

Tıp okumuyordu. Bunu bir soruya cevap olarak kendi ağzıyla söylemiş, böylelikle Stamford'un bu konudaki fikrini doğrulamış olmuştu. Onu bilimde bir dereceye hazırlayacak ya da bilim dünyasına girişini sağlayacak herhangi bir saygın bölümde ders almışa da benzemiyordu. Ama bazı eğitim alanlarına karşı duyduğu coşku göz ardı edilecek gibi değildi ve garip sınırları olan bilgisi, alışılmışın dışında genişti ve gözlemleri beni epey şaşırtıyordu. Kimse bu denli sıkı çalışmaz ya da ortada belirli bir hedef olmadığı takdirde kesin bilgiye ulaşamazdı. Düzensiz okurlar, öğrendiklerinin kesinliğiyle pek uğraşmaz. Kimse aklını çok iyi bir nedeni olmadığı sürece küçük yüklerle meşgul etmez.

Bilgisizliği de bilgisi kadar göze çarpıyordu. Çağdaş edebiyattan, felsefeden ve siyasetten neredeyse hiç anlamıyordu. Thomas Carlyle'dan bahsettiğimde bütün saflığıyla onun kim olduğunu ve ne yaptığını sormuştu. Tesadüfen Kopernik teorisinden ve güneş sisteminin oluşumundan bihaber olduğunu öğrendiğimde, şaşkınlığım doruğa ulaştı. On dokuzuncu yüzyılda yaşayan medeni bir bireyin dünyanın güneş etrafında döndüğünü bilmiyor oluşu bana algılayamayacağım kadar olağandışı görünmüştü.

"Şaşırmışa benziyorsunuz," dedi, yüzümdeki şaşkınlık ifadesine bakıp gülümseyerek. "Artık öğrendiğime göre unutmak için elimden geleni yapacağım."

"Unutmak için mi?"

"Bakın," dedi, açıklayarak, "bence bir insanın beyni aslında küçük ve boş bir çatı katıdır ve siz burayı kendi seçtiğiniz eşyalarla doldurmalısınız. Bir aptal, karşısına çıkan her gereksiz eşyayı odaya tıkar ve böylece ona gerekli olacak bilgiler kendilerine yer bulamazlar ya da en iyi ihtimalle diğerlerine karışıp kaybolurlar. Yetenekli bir emekçiyse beynindeki çatı katına neyi alıp almayacağı konusunda çok dikkatlidir. Ona yardımcı olacak aletler dışında hiçbir şeyi yoktur ama çok geniş bir çeşitliliğe sahiptir ve her şey mükemmel bir düzen içindedir. Bu küçük odanın duvarlarının esnek olduğunu ve genişleyebileceğini düşünmek hata olur. Üstelik edineceğiniz her yeni bilgi, bir diğerini unutmanıza yol açar. Bu nedenle gerekli olanları kovacak gereksiz bilgiler edinmemenin önemi çok büyüktür."

"Ama güneş sistemi!" diyerek karşı çıktım.

"Bundan bana ne?" diyerek sabırsızca sözümü kesti; "güneşin etrafında döndüğümüzü söylüyorsunuz. Ayın etrafında dönseydik bunun ne benim için ne de işim için herhangi bir farkı olurdu."

İşin ne olduğunu tam soracakken tavırlarındaki bir şey sorunun hiç de hoş karşılanmayacağını gösterdi. Kısa sohbetimizi düşündüm ve bir sonuç çıkarmaya çalıştım. Onu amacına götürmeyecek hiçbir bilgiyi edinmek istemediğini söylemişti. Bu nedenle sahip olduğu bütün bilgiler onun için gerekli olanlardı. Alışılmışın dışında bilgili olduğunu gösteren çeşitli noktaları kendi aklımda numaralandırdım. Hatta bir kalem alıp hepsini not ettim. Tamamladığımda belgeye bakarken gülümsemekten kendimi alamadım. Şu şekildeydi:

Sherlock Holmes– sınırları.

1.Edebiyat bilgisi. – Sıfır.

2. Felsefe bilgisi – Sıfır.

3. Astronomi bilgisi – Sıfır.

4. Siyaset bilgisi – Zayıf.

5. Botanik bilgisi – Değişken. Güzelavrat otu, afyon ve genel olarak zehirler konusunda iyi. Pratik bahçecilik hakkında hiçbir şey bilmiyor.

6. Jeoloji bilgisi– Pratik ama sınırlı. Bir bakışta farklı toprakları birbirinden ayırt edebiliyor. Yaptığı yürüyüşlerden sonra pantolonuna sıçrayanları gösterip renklerine ve yoğunluklarına bakarak Londra'nın neresinde olduğunu anlatıyor.

7. Kimya bilgisi – Derin.

8. Anatomi bilgisi – Kesin ama düzensiz.

9. Sansasyonel kayıtlar hakkındaki bilgisi – Engin. Yüzyıla yayılan her dehşetin ayrıntısını biliyor gibi.

10. Güzel keman çalıyor.

11. Uzman bir eskrimci, boksör ve kılıç ustası.

12. Britanya hukuku konusunda epey pratik bilgiye sahip.

Listemin maddeleri çoğalınca çaresizlik içinde ateşe attım. "Tüm bu yetenekleri birleştirip hangi mesleğin bunları gerektirdiğini keşfederek adamın amacını bulabilirsem," dedim kendi kendime, "bu girişimden bir anda vazgeçebilirim de."

Yukarıda, keman konusundaki yeteneğinden söz ettiğimi görüyorum. Bu yeteneği göze çok çarpıyordu ama diğer yetenekleri kadar da garipti. Parçalar çalabiliyordu ve bunlar zor parçalardı. Bunu iyi biliyordum, çünkü bir kere rica ettiğimde bana Mendelssohn'un Lieder'inden ve diğer sevdiklerimden biraz çalmıştı. Ne var ki kendisiyle baş başa kaldığında müzik ürettiği ya da tanınmış bir melodi çaldığı çok nadirdi. Akşamları koltuğuna yaslanıp gözlerini kapar, dizine koyduğu kemanını umursamazca kurcalardı. Bazen tellerden gür ve melankolik bir ses çıkardı. Ara sıra fantastik ve neşeli olurdu. Onu ele geçiren düşünceleri yansıttıklarına hiç şüphe yoktu ama müzik mi o düşüncelere yardım ediyordu, yoksa keman onun için yalnızca bir heves ya da merakın sonucu muydu, bir türlü karar veremiyordum. Sabrımı sınamış olmasını telafi etmek istercesine, genelde, en sonunda sevdiğim melodilerden bir diziyi art arda, hızlı bir şekilde çalmasaydı, bu yorucu sololara isyan edebilirdim.

İlk hafta boyunca bizi ziyarete kimse gelmeyince, arkadaşımın da en az benim kadar yalnız olduğunu düşünmeye başladım. Yine de şimdilik birçok yakını olduğunu ve hepsinin toplumun birbirinden çok farklı kesimlerinden olduğunu öğrendim. Bana Bay Lestrade olarak tanıştırılan ve bir haftada üç-dört kez gelen ufak tefek, beti benzi solmuş, sıçan suratlı, kara gözlü biri vardı. Bir sabah ise modaya uygun giyinmiş genç bir kız gelmiş, yaklaşık yarım saat kadar da kalmıştı. Aynı günün öğleden sonrası kır saçlı, pejmürde bir tip gelmişti. Yahudi esnaflara benziyordu ve bana çok heyecanlı görünmüştü. Hemen ardından ise kendisinden daha yaşlı, paspal bir kadın gelmişti. Başka bir sefer ihtiyar, beyaz saçlı bir beyefendiyle görüşme yaptı; bir diğer sefer ise kadife üniformalı bir demiryolu görevlisi geldi. Bu ne idüğü belirsiz kişiler kapıda belirdiğinde, Sherlock Holmes oturma odasını kullanmayı rica ediyordu ve ben de yatak odama çekiliyordum. Beni müşkül duruma düşürdüğü için her zaman özür diliyordu. "Bu odayı iş için kullanmam gerekiyor," diyordu, "bu insanlar da benim müşterilerim." Ona yine dolaysız bir soru sorma fırsatım olmuştu ama yine nezaketim bir adamı bana sırrını anlatmaya zorlamaktan men etti. O sırada bu sırrını açık etmemek için güçlü nedenleri olduğunu düşünsem de, kısa süre sonra bu fikrimi konuyu kendi açarak yerle bir etti.

Martın dördüydü, o günü hatırlamak için iyi bir nedenim vardı, nedense her zamankinden erken uyanmış, Sherlock Holmes'ün henüz kahvaltısını bitirmediğini görmüştüm. Ev sahibesi geç kalkmama öylesine alışmıştı ki, ne yerim ayrılmış ne de kahvem hazırlanmıştı. İnsana has mantıksız bir huysuzlukla zili çaldım ve hazır olduğuma dair ters bir imada bulundum. Sonra masadan bir dergi alarak arkadaşım sessizce kızarmış ekmeğini yerken zaman geçirmek için onunla oyalandım. Makalelerden birinin başlığı kalemle işaretlenmişti. Ben de doğal olarak göz gezdirmeye başladım.

Başlığın "Hayat Kitabı" olması nedense biraz ihtiraslı gelmişti. Dikkatli birinin, başına gelenleri kesin ve düzenli bir şekilde inceleyerek ne kadar çok şey öğrenebileceğinden bahsediyordu. Açıkgözlülükle anlamsızlığın dikkat çeken bu karışımı, dikkatimi celbetmişti. Akıl yürütme kısmı doğru ve etkileyici olsa da, çıkarımları bana biraz zoraki ve abartılı gelmişti. Yazar anlık bir ifadeyle, bir kas hareketi ya da gözün bir bakışıyla insanın en gizli düşüncelerini ele verdiğini savunuyordu. Ona göre hile, gözlem ve analiz yapabilen biri için imkânsızdı. Çıkardığı sonuçlar, Öklid'in birçok fikri gibi mutlaktı. Konuyu bilmeyen biri için ulaştığı sonuçlar, onlara ulaşma sürecini öğrenene kadar şaşırtıcı görünebilir, hatta onu büyücü sanabilirlerdi.

"Bir su damlasından," diyordu yazar, "bir mantıkçı Atlantik ya da Niagara ihtimalini, ikisini de görüp duymadan çıkarabilir. Yani tüm hayat kocaman bir zincirdir, tek bir halkasını gördüğümüzde doğasını da biliriz. Diğer tüm sanatlarda olduğu gibi, Tümdengelim ve Analiz Bilimi'ne de yalnızca uzun ve sabırlı bir çalışma sonucu ulaşılabilir ve hayat her ölümlüye mümkün olan en büyük mükemmelliğe erişme fırsatı tanıyacak kadar uzun değildir. Konunun en büyük zorlukları temsil eden ahlaki ve zihinsel boyutlarına geçmeden önce, araştırmacı daha temel sorunları ele almakla başlamalı. Ölümlü biriyle karşılaşmasında hemen kişinin geçmişini, ait olduğu zanaat ya da meslek grubunu ayırt edebilmeli. Bu alıştırma anlamsız görünse de, insanın gözlem becerilerini keskinleştirir ve nereye bakması gerektiğini, ne araması gerektiğini öğretir. Tırnaklarından, ceket kolundan, çizmesinden, pantolon dizlerinden, işaret ve başparmağının nasırlarından, ifadesinden, gömleğinin manşetlerinden, kişinin neyle meşgul olduğu ortaya tastamam çıkar. Tüm bu etkenler birleştiğinde uzman araştırmacının aydınlanamaması neredeyse akla sığmaz."

"Bu nasıl tarifsiz bir saçmalıktır!" diye bağırdım, dergiyi masaya vurarak, "hayatım boyunca bu kadar saçma bir şey hiç okumamıştım."

"Neymiş o?" diye sordu Sherlock Holmes.

"Şu makale," dedim, yumurta kaşığımla işaret ederek, kahvaltımı etmek için masaya otururken. "İşaretlediğinize göre okumuşsunuz. Zekice yazıldığını inkâr edecek değilim. Beni rahatsız etti. Belli ki bu, koltuğuna aylakça uzanıp kendi çalışması dahilinde düzgün, küçük çelişkiler üreten birinin teorisi. Pratik değil. Onu metronun üçüncü sınıf vagonunda bitik bir halde görmek ve tüm yolcuların ne işle meşgul olduklarını tahmin etmesini isterdim. Bilemeyeceğine dair bire bin bahse girerim."

"Paranızı kaybedersiniz," dedi Sherlock Holmes, sakince. "Makaleye gelince, onu ben yazdım."

"Siz!"

"Evet, hem gözlemle hem de çıkarımla ilgileniyorum. Orada bahsettiğim ve size çok asılsız görünen teoriler kesinlikle çok pratik; hatta öylesine pratik ki ekmeğimi onlardan çıkarıyorum."

"Peki nasıl?" diye sordum isteksizce.

"Kendime göre bir mesleğim var. Sanırım dünyada tekim. Ben bir danışman dedektifim, bilmem anlatabildim mi. Londra'da devletin birçok dedektifi var ve birçok da özel dedektif bulunmakta. Bu insanlar hata yaptıklarında bana geliyorlar ve ben de onlara takip etmeleri gereken yolu gösteriyorum. Bütün kanıtları önüme seriyorlar, ben de genelde suç tarihi bilgime dayanarak onları hizaya sokabiliyorum. Suçlar arasında büyük bir benzerlik oluyor ve eğer bin tanesinin bütün ayrıntıları elinin altında olursa, bin birincisini açığa çıkaramamak çok tuhaf olur. Lestrade çok tanınmış bir dedektiftir. Kısa süre önce bir sahtecilik vakasıyla ilgili kafasının bulanması onu buraya getirdi."

"Peki ya diğerleri?"

"Onlar genelde özel dedektif ajansları tarafından yollanıyor. Hepsinin başı bir konuda belada ve biraz aydınlanmak istiyorlar. Ben onların hikâyelerini dinliyorum, onlar da benim yorumlarımı. Sonra ücretimi alıyorum."

"Peki demek istediğiniz," dedim, "her ne kadar ayrıntıları onlar görmüş olsa da, evinizden çıkmadan diğerlerinin çözemediği düğümleri sizin çözebildiğiniz mi?"

"Öyle sayılır. Bu konuda sezgilerimin güçlü olduğunu söyleyebilirim. Ara sıra bazı vakalar biraz daha karmaşık bir hal alabiliyor. Öyle olduğunda koşuşturup olan biteni kendi gözlerimle görmem gerekiyor. Gördüğünüz gibi sorunlar için uyguladığım birçok özel bilgim var ve bu bilgiler sorunları kolaylaştırıyor. Makalede ele aldığım, sizin küçümsediğiniz tümdengelim kuralları, pratik çalışmada benim için paha biçilemez. Gözlem yapmak benim alışkanlığımdır. İlk görüşmemizde size Afganistan'dan geldiğinizi söylediğimde şaşırmıştınız."

"Eminim size bunu söylemişlerdir."

"Kesinlikle hayır. Sizin Afganistan'dan geldiğinizi *bildim.* Uzun zamandır birbirini izleyen düşünceler zihnimde çok hızlı hareket ediyor ve aradaki adımları fark bile etmeden sonuca ulaşıyorum. Buna rağmen arada adımlar vardı. Akıl yürütme treninin zili çaldı, 'Doktor görünümlü bir adam ama askeri bir yanı da var. O halde belli ki ordu doktoru. Sıcak bir bölgeden gelmiş, çünkü yüzü esmer ve teninin doğal rengi bu değil, çünkü bilekleri açık renkte. Zorluklar ve hastalıklar atlatmış, bezgin yüzü bunu apaçık ele veriyor. Sol kolundan yara almış. Kolunu katı ve doğal olmayan bir şekilde tutuyor. Sıcak bir bölgenin neresinde İngiliz bir askeri doktor bunca zorluğa maruz kalıp kolundan yaralanabilir? Elbette Afganistan'da.' Tüm bu düşünce zinciri bir saniyemi bile almadı. Sonra Afganistan'dan geldiğinizi söyledim ve siz de buna şaşırdınız."

"Çok kolaymış gibi anlatıyorsunuz," dedim gülümseyerek. "Bana Edgar Allan Poe'nun Dupin'ini hatırlatıyorsunuz. Hikâyelerin dışında da böyle insanların var olduklarını bilmiyordum."

Sherlock Holmes ayağa kalkıp piposunu yaktı. "Beni Dupin'le kıyaslayarak iltifat ettiğinizi sandığınıza şüphe yok," dedi. "Bence Dupin çok kompleksli biriydi. On beş dakikalık sessizlikten sonra arkadaşlarının düşüncelerine yerinde bir yorumla girmesi çok gösterişçi ve yapay. Analitik bir dehası olduğuna şüphe yok; ama hiçbir surette Poe'nun hayal ettiği gibi bir fenomen değildi."

"Gaboriau'nun çalışmalarını okudunuz mu?" diye sordum. "Lecoq sizin dedektif anlayışınıza uyuyor mu?"

Sherlock Holmes alaycı bir şekilde burnunu çekti. "Lecoq sefil bir aceminin tekiydi," dedi, öfkeli bir sesle. "Övülecek tek bir şey vardı, o da enerjisiydi. O kitap beni kesinlikle hasta etti. Konu, bilinmeyen bir tutukluyu teşhis etmekti. Ben bunu yirmi dört saatte yapardım. Lecoq altı ay kadar uğraştı. Dedektiflerin kaçınmaları gerekenleri anlatan bir ders kitabı olabilirdi."

Hayranı olduğum iki karaktere de böylesine kibirli bir edayla muamele edilmesi beni öfkelendirmişti. Pencereye doğru yürüyüp kalabalık caddeye baktım. "Bu adam çok zeki olabilir," dedim kendi kendime, "ama kesinlikle burnu çok havada."

"Bugünlerde suç ve suçlu yok," dedi, şikâyet ederek. "Bizim mesleğimizde beyin ne işe yarar? Benim beynimin ismimi duyurmaya yarayacağını gayet iyi biliyorum. Yaşayan ya da yaşamış olan kimse bu kadar çok çalışma yürütmedi ve benim yaptığım gibi suçu ortaya çıkaracak doğal bir yetenekle donatılmamıştı. Peki bunun sonucu ne oldu? Ortaya çıkaracak bir suç bile yok, en fazla bir Scotland Yard görevlisinin bile görebileceği bir gerekçesi olan acemilikler var."

Bu ukala konuşma tarzı hâlâ canımı sıkıyordu. En iyisinin konuyu değiştirmek olduğunu düşündüm.

"Bu adam neyin peşinde?" diye sordum, caddenin öteki

tarafına yavaşça yürürken endişe içinde numaralara bakan korkusuz, sıradan giyimli bir adamı işaret ederek. Elinde kocaman, mavi bir zarf vardı ve belli ki bir mesaj taşıyordu.

"Deniz piyadelerinden emekli çavuşu kastediyorsunuz," dedi Sherlock Holmes.

"Daha neler!" diye düşündüm kendi kendime. "Nasıl olsa bu tahminini çürütemeyeceğimi biliyor."

Aklımdan tam bu düşünceler geçerken, izlediğimiz adam kapımızdaki numarayı görüp hızlı adımlarla yolun bu tarafına geçti. Kapının gürültülü bir şekilde çaldığını duyduk. Hemen ardından derin bir ses yankılandı ve ağır ayak sesleri merdivenlerden çıktı.

"Bay Sherlock Holmes'a," dedi, odaya girip mektubu arkadaşıma uzatırken.

Kibrini bozguna uğratmak için elime bir fırsat geçmişti. Rastgele tahminini yaparken bu aklına hiç gelmemişti. "Dostum," dedim, en nazik sesimle, "sana ne işle meşgul olduğunu sorabilir miyim?"

"Postacıyım, efendim," dedi, kabaca. "Üniformam tadilatta."

"Peki ya eskiden neciydin?" diye sordum, arkadaşıma hain sayılabilecek bakışlar atarak.

"Çavuştum, efendim, İngiliz Kraliyet Deniz Piyadeleri'nde. Soracağınız başka bir şey var mı? Peki, efendim."

Topuklarını birbirine çarptı, elini kaldırıp selam verdikten sonra odadan çıktı.

3

LAURİSTON GARDENS GİZEMİ

Arkadaşımın teorilerinin pratik doğasının canlı kanıtı karşısında hayrete düştüğümü itiraf etmeliyim. Onun analiz yeteneğine duyduğum saygı, harikulade bir şekilde artmıştı. Aklımda bütün her şeyin beni etkilemek için önceden ayarlanmış olduğuna dair hâlâ gizli şüpheler kaldıysa da, bunu ne amaçla yapmış olabileceği, idrak edebileceğimin ötesindeydi. Ona baktığımda notu okuması bitmişti ve gözlerinde aklının dalıp gittiğini gösteren boş, cansız bir ifade vardı.

"Tanrı aşkına, bu sonuca nasıl vardınız?" diye sordum.

"Ne sonucuna?" dedi, aksi bir tavırla.

"Deniz piyadelerinden emekli bir çavuş olduğu sonucuna."

"Abesle iştigal edemem," diye cevapladı, kaba bir şekilde; sonra gülümsedi. "Kabalığımı mazur görün. Düşünce zincirimi kırdınız; ama belki de iyi oldu. Yani gerçekten bu adamın deniz piyadesi çavuşu olduğunu göremediniz mi?"

"Doğrusunu isterseniz, hayır."

"Bilmek, nereden bildiğimi açıklamaktan daha kolay

oldu. İki kere ikinin dört yaptığını kanıtlamanız istenseydi, bildiğinizden emin olsanız bile kanıtlamakta zorlanabilirdiniz. Caddenin öteki tarafından bile, adamın elinin arkasındaki kocaman, mavi çapa dövmesini gördüm. Bu bana denizi düşündürdü. Askeri bir duruşu ve favorileri vardı. Alın size bir denizci. Kibirli ve emreden bir havası vardı. Başını nasıl tuttuğunu ve bastonunu nasıl salladığını gözlemlemişsinizdir. Görünüşte sağlam, saygın, orta yaşlarda bir adamdı; tüm bu etkenler beni onun bir çavuş olduğuna inandırdı."

"Muhteşem!" diye bağırdım.

"Sıradan bir şey," dedi Holmes, her ne kadar yüzündeki ifadeden bariz şaşkınlığımdan ve hayranlığımdan keyif almış gibi görünse de. "Daha şimdi ortalıkta suçlu olmadığını söyledim. Görünüşe göre yanılmışım. Şuna bir bakın!" Postacının getirdiği notu bana doğru uzattı.

"Tanrım," diye bağırdım, hızlıca göz atarken, "bu korkunç bir şey!"

"Biraz sıradışı görünüyor," dedi sakince. "Bana da yüksek sesle okur musunuz?"

İşte ona okuduğum mektup:

> "Sevgili Sherlock Holmes,
>
> "Gece, Brixton Yolu civarında, Lauriston Gardens, 3 numarada kötü bir şeyler oldu. Devriye gezen adamımız saat iki sularında bir ışık görmüş ve orası boş bir ev olduğu için bir şeylerin ters gittiğinden şüphelenmiş. Kapının açık olduğunu görmüş ve boş olan ön odada iyi giyimli, cebinden 'Enoch J. Drebber, Cleveland, Ohio, A.B.D.' yazan kartlar çıkan

bir erkek cesedi bulmuş. Hırsızlığa dair bir delil bulunamadığı gibi, adamın nasıl öldürüldüğüne dair bir ize de rastlanmadı. Odada kan izleri var ama cesette yara yok. Adamın boş eve nasıl geldiğine dair hiçbir fikrimiz yok; hatta bütün olay tam bir muamma. Saat on ikiden önce eve gelebilirseniz, beni orada bulacaksınız. Sizden bir haber alana kadar her şeyi olduğu gibi bıraktım. Gelemeyecek olursanız size daha fazla ayrıntı vereceğim ve fikirlerinizle bana yardımcı olursanız nezaketinize minnettar kalacağım.

Saygılarımla,
TOBIAS GREGSON."

"Gregson, Scotland Yard'ın en zekisidir," dedi arkadaşım. "O ve Lestrade kötünün iyisidir. İkisi de hızlı ve enerjiktir ama sıradanlardır, şaşırtıcı derecede. Birbirlerinin başına çorap örüp dururlar. Bir çift sosyete güzeli gibi kıskançtırlar. İkisini de aynı vakaya verirlerse çok eğlenceli olabilir."

Sesindeki sakinliğe şaşırmıştım. "Kaybedecek tek bir dakika bile olmadığı kesin," dedim. "Gidip araba çağırayım mı?"

"Gidip gitmeyeceğim konusunda emin değilim. Ben bu dünya üzerindeki gelmiş geçmiş en büyük tembel şeytanım ama bazen çok hareketli de olabilirim."

"Fakat bu tam da istediğiniz fırsat."

"Sevgili arkadaşım, bunun benim için hiç önemi yok. Bütün olanları ortaya çıkarsam bile, bütün takdirleri Gregson'ın, Lestrade'ın ve beraberindekilerin toplayacağından emin olabilirsiniz. Bu, gayriresmi bir kişilik olmamdan kaynaklanıyor."

"Ama ona yardım etmenizi rica etmiş."

"Evet. Ondan üstün olduğumu biliyor ve bunu bana bildiriyor; ama bunu üçüncü bir kişiye söylemeyecek. Yine de gidip bir bakabiliriz. Kendi başıma halletmeliyim. Elimden bir şey gelmezse de onlarla dalga geçerim. Haydi!"

Aceleyle paltosunu giyip uyuşuk halinin yerini enerjik olanının aldığını gösteren bir şekilde koşuşturmaya başladı.

"Şapkanızı alın," dedi.

"Benim de mi gelmemi istiyorsunuz?"

"Evet, yapacak daha iyi bir işiniz yoksa." Bir dakika sonra ikimiz de faytonda, Brixton Yolu'na doğru hızla yol alıyorduk.

Sisli, bulutlu bir sabahtı. Evlerin çatılarındaki koyu renkli örtü, alttaki çamur renkli sokakların birer yansıması gibiydi. Arkadaşımın keyfi yerindeydi. Cremona kemanları ve bir Stradivarius ile Amati arasındaki fark hakkında sohbet ediyordu. Ben ise içinde bulunduğumuz donuk hava ve hüzünlü işin ruhumu daraltması nedeniyle sessizdim.

"Elimizdeki vakayla pek ilgileniyor gibi görünmüyorsunuz," dedim en sonunda, Holmes'ün müzikal nutuklarını bölerek.

"Henüz bir bilgimiz yok," diye cevapladı. "Bütün delillere ulaşmadan önce teori üretmek büyük bir hatadır. Önyargıya neden olur."

"Yakında bilgiler elinize geçecek," dedim, parmağımla işaret ederek. "İşte Brixton Yolu. Yanılmıyorsam ev de şurada."

"Doğru. Dur, arabacı, dur!" Henüz yaklaşık yüz metre kadar uzağında olmamıza rağmen arabadan inmemiz konusunda ısrarcı davrandı ve yolculuğumuzu yürüyerek tamamladık.

Lauriston Gardens, 3 numaranın uğursuz ve korkutucu bir görüntüsü vardı. Caddenin biraz gerisinde kalan dört evden biriydi. İkisi dolu, ikisi de boştu. İkinci evin, üç dizi boş ve hüzünlü penceresi vardı. Kararmış camlarda katarakt gibi büyüyen kiralık ilanını saymazsam, soluk ve kasvetli görünüyorlardı. Cansız çiçeklerin fışkırdığı küçük bahçe, evlerin her birini caddeden ayırıyordu ve sarımsı renkli, görünüşe göre çamur ve çakıl karışımından oluşan dar bir yolla geçiliyordu. Her yer, gece boyunca yağan yağmur yüzünden sırılsıklamdı. Bahçenin etrafı bir metrelik tuğla duvarla çevrelenmişti ve üzerinde ahşap korkuluklar vardı. İri yarı bir polis memuru duvara yaslanmıştı ve etrafını saran aylaklar, olaya dair bir şeyler öğrenebilmek için boş umutlarla başlarını uzatmış, evin içine bakıyorlardı.

Sherlock Holmes'ün birden eve dalıp esrar perdesinin aralanması için incelemelere başlayacağını sanmıştım. Kendi isteklerinin dışında hiçbir şey olmadı. O şartlar altında yapmacıklığın sınırlarını zorladığını düşündüğüm bir aldırmazlıkla kaldırım boyunca aylak aylak yürüdü, boş gözlerle yere, gökyüzüne, karşıdaki evlere ve korkuluk sırasına baktı. İncelemeleri bittikten sonra yavaşça yoldan, daha doğrusu yolu kuşatmış otlardan yürüdü. Bu sırada gözlerini yerden kaldırmıyordu. İki kez durdu ve bir kez de gülümsediğini görüp memnuniyetle bir şeyler geveledğini duydum. Çamurlu ıslak toprakta birçok ayak izi vardı ama polis gelip gittiği için arkadaşımın buradan bir şeyler bulmayı nasıl umut edebildiğini anlayamıyordum. Yine de sezgisel yeteneklerinin çabukluğuna dair öyle olağanüstü kanıtlarım olmuştu ki, benim gözümden kaçan bir şey yakaladığından hiç şüphe etmedim.

Evin kapısında uzun boylu, beyaz suratlı, lepiska saçlı, elinde not defteri olan ve hızla dışarı çıkıp arkadaşımın elini coşkuyla sıkan bir adamla karşılaştık. "Gelmiş olmanız gerçekten çok ince bir davranış," dedi, "hiçbir şeye dokundurmadım."

"Bunun dışında!" diye cevapladı arkadaşım, yolu işaret ederek. "Buradan bir bufalo sürüsü geçseydi bile etraf bu kadar dağılmazdı. Yine de buna izin vermeden önce kendi sonuçlarınızı çıkardığınızdan eminim, Gregson."

"Evin içinde yapacak çok işim vardı," dedi dedektif, kaçamak bir tavırla. "Meslektaşım Bay Lestrade burada. Buralarla ilgilenmesi için ona güvenmiştim."

Holmes bana bakıp alaycı bir tavırla kaşlarını kaldırdı. "Olay yerinde siz ve Lestrade gibi iki adam varken üçüncü kişiye ihtiyaç olmaz," dedi.

Gregson, kendinden memnun bir şekilde ellerini ovuşturdu. "Sanırım tüm yapılması gerekenleri yaptık," diye cevapladı. "Gerçi bu tuhaf bir vaka ve sizin böyle şeyleri sevdiğinizi biliyorum."

"Buraya atlı arabayla gelmediniz mi?" diye sordu, Sherlock Holmes.

"Hayır, efendim."

"Peki ya Lestrade?"

"Hayır, efendim."

"O halde biz gidip odaya bir bakalım." Konu dışı bu sözünden sonra eve girdi. Onu takip eden Gregson'ın şaşkınlığı yüzünden okunuyordu.

Çıplak tahtalı ve tozlu dar bir geçit mutfağa ve odalara gidiyordu. Sağa ve sola açılan iki kapı vardı. Bunlardan birinin haftalardır kapalı olduğu apaçıktı. Diğeri ise, esrarengiz olayın meydana geldiği yemek odasınındı. İçeri giren Holmes'ü, ölümün varlığının etkilediği kalbimdeki durgun hisle takip ettim.

Burası büyük, kare bir odaydı ve mobilya olmadığı için daha da geniş görünüyordu. Duvarları kaba ve parlak bir kâğıtla kaplanmıştı ama yer yer küflenmişti. Bütünden ayrılarak yere doğru sarkan kocaman parçaların altındaki sarı boya açığa çıkmıştı. Kapının karşısındaki gösterişli şöminenin hakkından suni, beyaz mermerden bir rafla gelinmişti. Bir köşesinde kırmızı bir mumdan artakalanlar vardı. Odanın tek penceresi öylesine kirliydi ki, puslu ve belirsiz ışık, bütün evi kaplayan kalın toz katmanıyla yoğunlaşmış durumda olan her yere donuk gri bir renk veriyordu.

Tüm bu ayrıntıları sonra incelemiştim. Şimdilik dikkatim, yerdeki döşemede hareketsiz yatan kaskatı kesilmiş, rengi atmış tavana boş gözlerle bakan cesetteydi. Adam kırk üç-kırk dört yaşlarında, orta boylu, geniş omuzlu, kıvırcık siyah saçlı ve kısa, kirli sakallıydı. Ağır çuhadan bir palto, ceket, açık renkli pantolon giymişti. Yakaları ve manşetleri tertemizdi. Güzelce fırçalanmış, şık silindir şapkası yerde, hemen yanı başındaydı. Ellerini sıkmıştı, kolları ise iki yana açılmıştı, bacakları sanki ölürken acı içinde epey can çekişmiş gibi birbirine geçmişti. Katı yüzünde, daha önce hiçbir insanda görmediğim bir dehşet ve nefret ifadesi vardı. Dar alnıyla, küt burnuyla ve sivri çenesiyle birleşen bu uğursuz ve korkunç kıvrılma, ölen adamın kıvranan, doğal olmayan duruşuyla daha da artarak tuhaf, maymunumsu bir görünüm veriyordu. Ölümün birçok şeklini görmüş olmama rağmen, hiçbir zaman gözüme Londra'nın kenar mahallelerinin ana arterlerinden birine bakan bu kasvetli, pis evdeki kadar korkutucu görünmemişti.

İnce ve dağ gelinciğine benzeyen Lestrade, kapının eşiğinde durmuştu. Beni ve arkadaşımı selamladı.

"Bu vaka ortalığı ayağa kaldıracak, efendim," dedi. "Gördüğüm her şeyden daha farklı ve ben çaylak değilim."

"İpucu yok mu?" dedi Gregson.

"Hiç yok," diyerek söze karıştı Lestrade.

Sherlock Holmes cesede yaklaştı ve eğilerek yakından inceledi. "Yara olmadığından emin misiniz?" diye sordu, her yere sıçramış olan sayısız kan damlasını işaret ederek.

"Kesinlikle!" diye bağırdı iki dedektif de.

"O halde bu kan tabii ki ikinci bir kişiye ait; bu bir cinayetse, muhtemelen katile ait. Bana 1934 yılında Utrecht'teki Van Jansen'in ölümündeki şartları hatırlattı. O vakayı hatırlıyor musunuz, Gregson?"

"Hayır, efendim."

"Okuyun, öğrenmeniz gerek. Tarih tekerrür eder. Hepsi geçmişte de yaşandı."

O konuşurken hünerli parmakları orada, burada, her yerde uçuşuyor, hissediyor, dokunuyor, düğmeleri açıyor, inceliyordu. Bu esnada gözlerinde ise daha önce fark ettiğim uzak ifade vardı. İncelemesini göz açıp kapayıncaya kadar bitirdi. En sonunda ölü adamın dudaklarını kokladı ve rugan çizmelerinin tabanlarına baktı.

"Hiç kıpırdatmadınız mı?" diye sordu.

"İncelememiz için gerekli olandan daha fazla kıpırdatmadık."

"Onu artık morga götürebilirsiniz," dedi. "Öğrenecek daha fazla şey yok."

Gregson'ın emrinde bir sedyeyle dört adam bekliyordu. Çağrısını duyunca içeri girdiler ve cesedi kaldırıp sedyeye koydular. Tam bu sırada bir yüzük düşüp yerde yuvarlandı. Lestrade yüzüğü aldı ve şaşkın gözlerle baktı.

"Burada bir kadın varmış," diye bağırdı. "Bu bir kadının alyansı."

Konuşurken avucundaki yüzüğü uzattı. Etrafına toplanıp baktık. Bir zamanlar bu basit, altın halkanın bir gelinin parmağını süslediğine şüphe yoktu.

"Bu işleri karıştırdı," dedi Gregson. "Tanrı biliyor ya, zaten yeterince karışıktı."

"İşleri kolaylaştırmadığından emin misiniz?" diye sordu Holmes. "Bakarak bir şey öğrenemeyiz. Ceplerinde ne buldunuz?"

"Hepsi burada," dedi Gregson, merdivenlerin alt basamaklarında duran eşyaları işaret ederek. "Altın bir saat, 97163 numaralı, Barraud tarafından Londra'da yapılmış. Altın Albert zinciri, çok ağır ve dayanıklı. Mason simgeli altın bir yüzük. Bulldog kafası şeklinde, gözleri yakuttan altın bir broş. İçinde, etiketteki E. J. D.'ye tekabül eden Cleveland'lı Enoch J. Drebber kartlarının bulunduğu Rus derisinden bir kartvizitlik. Cüzdan yok ama yedi pound on üç penilik para çıktı. Kapaktan sonraki boş sayfada Joseph Stangerson yazan Boccaccio'nun *Decameron* kitabının cep basımı. İki mektup; bir tanesi E. J. Drebber'a, diğeri Joseph Stangerson'a yazılmış."

"Adres ne?"

"Amerikan Borsası, Strand. İstenince gönderilmek üzere bırakılmış. İkisi de Guion Gemicilik Şirketi'nden gelmiş ve Liverpool'dan gelecek gemilerin denize açılmasından söz ediyor. Bu talihsiz adamın New York'a dönmek üzere olduğu kesin."

"Bu Stangerson adındaki adamla ilgili araştırma yaptınız mı?"

"Hemen yaptım, efendim," dedi Gregson. "Bütün gazetelere ilan verdim ve adamlarımdan biri de Amerikan Borsası'na gitti ancak henüz geri dönmedi."

"Cleveland'a mı yolladınız?"

"Bu sabah telgraf çektik."

"Araştırmalarınızdan nasıl bahsettiniz?"

"Yalnızca şartları ayrıntılı bir şekilde anlatıp bize yardımcı olacak bir bilgi edinebilirsek çok mutlu olacağımızı söyledik."

"Size elzem görünen herhangi bir noktayla ilgili ayrıntı istemediniz mi?"

"Stangerson'ı sordum."

"Başka bir şey sormadınız mı? Tüm bu vakanın gelip dayandığı bir şart yok mu? Yeniden telgraf çekmeyecek misiniz?"

"Söylemem gereken her şeyi söyledim," dedi Gregson, savunmaya geçmiş bir sesle.

Sherlock Holmes kendi kendine kıkırdadı. Tam bir şey söyleyecek gibi oldu ki, biz holde bunları konuşurken ön odada duran Lestrade yeniden sahnede belirdi. Ellerini gösterişli ve kibirli bir şekilde ovuşturdu.

"Bay Gregson," dedi, "az önce çok önemli bir şey keşfettim ve duvarları dikkatle incelemeseydim gözümüzden kaçacaktı."

Ufak tefek adamın gözleri konuşurken parlıyordu. Belli ki meslektaşına fark attığı için duyduğu gururu bastırmaya çalışıyordu.

"Gelin," dedi, yeniden odaya girerken. Odadaki hava, feci durumdaki cesedin çıkarılmasından sonra ferahlamış gibiydi. "Şimdi orada durun!"

Çizmesine sürterek yaktığı kibriti duvara doğru tuttu.

"Şuna baksanıza!" dedi, gururlu bir tavırla.

Duvar kâğıdının parça pinçik olduğunu fark ettim. Odanın bu noktasında kocaman bir parça kalkmış, altındaki kare şekilli sarı, kaba boya çıkmıştı. Bu çıplak alanda, kan kırmızısı harflerle tek bir kelime karalanmıştı.

RACHE

"Bu konuda ne düşünüyorsunuz?" diye sordu dedektif, gösterisini sunan bir şovmen edasıyla."Odanın en karanlık köşesinde olduğu için gözümüzden kaçmış ve buraya bakmak kimsenin aklına gelmemiş. Katil bunu kendi kanıyla yazmış. Duvardan damlayan şu lekeye bir bakın! Bu, intihar ihtimalini çürütmüş oluyor. Üzerine yazmak için neden bu köşe seçilmiş? Size söyleyeyim. Şömine rafındaki muma bakın. O sırada yanıyormuş ve yanıyorsa, bu köşe duvarın en karanlık yeri olmaktan çıkıp en aydınlık köşesi olmuştur."

"Peki artık bunu keşfettiğinize göre ne değişti?" diye sordu Gregson, aşağılayan bir sesle.

"Ne mi değişti? Bak, bunu yazan, bir kadın ismi olan Rachel yazmak istemiş ama tamamlamaya fırsatı olmamış. Dediklerimi unutma, bu vaka açıklığa kavuştuğunda Rachel adında bir kadının olayla ilgisi olduğunu göreceksin. Siz daha gülün, Bay Sherlock Holmes. Siz çok zeki ve akıllı olabilirsiniz ama nihayetinde ben de eski kulağı kesiklerdenim."

"Gerçekten özür dilerim!" dedi, kahkahalara boğularak

ufak tefek adamın sinirini bozan arkadaşım. "Aramızdan bunu keşfeden ilk kişi olduğunuz için kesinlikle bir adım öndesiniz. Dediğiniz gibi, dün gece olan gizemli olay sırasında diğer katılımcı tarafından yazılmış olduğu apaçık ortada. Henüz bu odayı inceleyecek zamanım olmadı ama izin verirseniz şimdi inceleyeceğim."

Konuşurken cebinden mezura ve kocaman, yuvarlak bir büyüteç çıkardı. Bu iki aletle, hiç gürültü çıkarmadan odanın içinde dolaştı. Bazen durdu, bazen diz çöktü ve bazen de yüz üstü yattı. İşine öylesine dalmıştı ki, varlığımızı unutmuş gibiydi. Çünkü sürekli kendi kendine kısık sesle konuşuyor, yaylım ateşi gibi ünlemler sarf ediyor, homurdanıyor, ıslık çalıyor, cesaret ve umut verir gibi görünen küçük sesler çıkarıyordu. Onu izlerken aklıma karşı koyamadığım bir şekilde, kaybettiği kokuyu yeniden bulana kadar sığınakta ileri geri koşuşturan, sabırsızlıkla inleyen safkan, iyi eğitimli bir av köpeği geldi. Yirmi dakika kadar araştırmalarına devam etti, benim kesinlikle göremediğim işaretlerin arasındaki mesafeyi büyük bir özenle ölçtü ve ara sıra mezurasını kesinlikle anlaşılmaz bir şekilde duvarlara tuttu. Yerden dikkatli bir şekilde küçük, gri bir toz yığını aldı ve zarfa koydu. En sonunda büyüteciyle duvardaki kelimeyi inceledi, her harfin üzerinde büyük bir titizlikle durdu. İşini bitirdikten sonra mutlu görünüyordu. Mezurasıyla büyütecini cebine koydu.

"Dâhi bir insanın, kılı kırk yarmak için sonsuz bir yeteneği olduğu söylenir," dedi gülümseyerek. "Bence bu çok kötü bir tanım ama dedektiflik için geçerli."

Gregson ve Lestrade, amatör arkadaşlarının yaptıklarını gözden kaçmayan bir merak ve kibirle izlemişlerdi. Ben Sherlock Holmes'ün en küçük hareketinin bile onu kesin ve pratik bir sona götürdüğünü fark etmeye başlasam da, onlar belli ki bunu takdir etmeyi bir türlü başaramıyorlardı.

"Bu konuda ne düşünüyorsunuz, efendim?" diye sordu ikisi de.

"Size yardım edersem, vakanın kazandıracağı gururdan sizi mahrum etmiş olurum," dedi arkadaşım. "Şu anda öyle iyi gidiyorsunuz ki, müdahale edecek kişiye yazık olur." Konuşurken onları iğneliyor gibi bir hali vardı. "Soruşturmalarınızın nasıl ilerlediğini bana haber verirseniz," diye devam etti, "elimden gelen yardımı size sunmaya hazır olacağım. Bu sırada cesedi bulan polisle konuşmak isterim. Bana onun adını ve adresini verebilir misiniz?"

Lestrade not defterine baktı. "John Rance," dedi. "Şu anda izinli. Onu Kennington Park Gate'teki Audley Court, 46 numarada bulabilirsiniz."

Holmes, adresi not etti.

"Benimle gelin, Doktor," dedi. "Gidip onu bulalım. Size bu vakada yardımı dokunacak bir şey söyleyeceğim," diye devam etti, iki dedektife dönerek. "Cinayet işlenmiş ve katil bir erkek. Boyu 1.80'den uzun, genç, ayakları boyuna göre küçük, üzerinde kaba, küt burunlu çizmeler var ve Trichinopoly purosu içiyor. Buraya kurbanıyla birlikte dört tekerlekli bir atlı arabayla gelmiş ve arabayı eskimiş üç ve sağ ön bacağında yeni bir nalı olan bir at çekiyormuş. Katilin yüzü kırmızı ve sağ elinin tırnakları fark edilir derecede uzun. Bunlar yalnızca az sayıdaki bulgular ama işinize yarayabilir."

Lestrade ve Gregson birbirlerine kuşkulu bir gülümsemeyle baktılar.

"Bu adam öldürülmüşse, bu nasıl olmuş?" diye sordu ilki.

"Zehir," dedi Sherlock Holmes, kısaca. Sonra yürümeye başladı. "Bir şey daha var, Lestrade," diye ekledi, kapıya varmışken arkasına dönüp. " 'Rache,' 'intikam' kelimesinin Almancası; o yüzden Bayan Rachel'ı arayarak zaman kaybetmeyin."

Bunu söyledikten sonra iki rakibi ağzı açık bırakarak arkasına dönüp gitti.

4

JOHN RANCE'İN ANLATACAKLARI

Lauriston Gardens, 3 numaradan ayrıldığımızda saat bir olmuştu. Sherlock Holmes beni en yakın telgraf ofisine götürdü ve oradan uzun bir telgraf gönderdi. Sonra bir atlı arabaya işaret edip arabacıya bizi Lestrade'ın verdiği adrese götürmesini söyledi.

"Delilin ilk elden olanı gibisi yoktur," dedi. "Zaten aklım tamamen vakada ama yine de öğrenilmesi gereken ne varsa öğrenmeliyiz."

"Beni şaşırtıyorsunuz, Holmes," dedim. "Verdiğiniz tüm bu ayrıntılardan, sandığınız kadar emin olmadığınıza şüphe yok."

"Hataya yer yok," diye cevapladı. "Oraya vardığımızda gözlemlediğim ilk şey, arabanın kaldırım taşlarında iki tekerlek izi bıraktığıydı. Şimdi dün geceyi düşünüyorum da, bir haftadır hiç yağmur yağmadığı için bu denli derin izler bırakmış olan tekerlekler, gece boyunca oradaydılar. At toynaklarının da izi vardı ve bir tanesinin çizgisi diğer üçünden daha belirgindi. Bu da onun yeni bir nal olduğunu gösterir. Araba, yağmur başladıktan sonra oraya vardığına ve sabah orada olmadığına göre –Gregson'ın sözüne bu konuda güvenirsem– gece boyunca orada durmuştur ve bu nedenle iki kişiyi eve o getirmiştir."

"Epey kolaymış gibi duruyor," dedim, "ama ya diğer adamın boyu?"

"Bakın, bir adamın boyu, on vakadan dokuzunda, adımlarının uzunluğuna bakarak anlaşılır. Bu yeterince kolay bir hesaplama olsa da canınızı sayılarla sıkmaya gerek yok. Bu adamın adımlarını hem dışarıdaki çamurdan hem de içerideki tozdan ölçtüm. Bir de kendime has bir hesaplama yöntemim var. Bir adam duvara yazı yazdığında, içgüdüsü onu kendi göz seviyesinde yazmaya yönlendirir. Oysa o yazı yerden bir metre seksen santimden biraz daha yüksekteydi. Çocuk oyuncağı."

"Peki ya yaşı?" diye sordum.

"Bir adam hiç çaba sarf etmeden bir buçuk metre uzunluğunda adım atabiliyorsa, yaşlı olamaz. Bahçedeki su birikintisinin genişliğinden anladım. Belli ki üzerine basmadan geçmiş. Rugan çizmeler yuvarlak çiziyor ve küt burun ise üzerinden atlamış. Burada esrarengiz bir durum yok. Ben yalnızca o makalede savunduğum bazı gözlem ve tümdengelim kurallarını günlük hayata uyguluyorum. Sizi şaşırtan başka bir şey var mı?"

"Tırnaklar ve Trichinopoly," dedim.

"Duvardaki yazı, bir adamın işaret parmağını kana daldırmasıyla yazılmış. Büyütecim, yazı yazılırken boyanın hafifçe kazındığını söylüyor, ki adamın tırnağı kesilmiş olsaydı bu mümkün olmazdı. Yerdeki dağılmış külden biraz topladım. Rengi koyu ve pul puldu. Bu yalnızca Trichinopoly'den çıkan bir kül olabilir. Puro külleri hakkında özel bir araştırma yapmıştım. Aslında, bu konu hakkında bir monograf da yazdım. Tek bakışta, puro ya da tütün olsun, tanınmış bir markanın külünü hemen ayırt edebiliyorum. Ancak böyle ayrıntılarla yetenekli bir dedektif, Gregson ve Lestrade gibi tiplerden ayrılır."

"Peki ya kırmızı surat?" diye sordum.

"Ah, cüretkâr bir denemeydi ama yine de haklı olduğumdan eminim. Vaka bu durumdayken bunu bana sormamalısınız."

Elimi kaşımın üzerinden geçirdim. "Kafam karıştı," dedim. "İnsan kafasını ne kadar yorarsa esrar perdesi o kadar büyüyor. Bu iki adam –eğer iki adamsa– boş bir eve nasıl geldi? Onları getiren arabacıya ne oldu? Bir insan, diğerini zehir içmeye nasıl zorlayabilir? Kan nereden geldi? Madem soygun olmadı, o halde katilin amacı neydi? Kadın yüzüğü oraya nasıl geldi? Hepsinden de önemlisi, ikinci adam neden kaçmadan önce duvara Almanca RACHE yazdı? Tüm bu etkenlerin birbiriyle bağlantısını görmenin bir yolunu bulamadığımı itiraf etmeliyim."

Arkadaşım beni onaylarcasına gülümsedi.

"Durumun zorluklarını kısa ve öz bir şekilde özetlediniz," dedi. "Hâlâ karanlıkta kalan çok şey var ama esas konularda kararımı verdim. Zavallı Lestrade'ın keşfettiğine gelecek olursam, bu yalnızca sosyalizm ile gizli toplulukları öne sürerek polisi yanıltmak için kurulmuş bir pusuydu. Bu bir Alman tarafından yazılmadı. Fark ettiysen A harfi Alman tarzıyla yazılmıştı. Ama gerçek bir Alman her zaman Latin karakterlerini kullanır, böylece yazının beceriksiz, işgüzar bir taklitçi tarafından yazıldığını kesinlikle söyleyebiliriz. Bu yalnızca soruşturmayı farklı bir yöne saptırmak için çevrilen bir katakulliydi. Size vakadan daha fazla bahsetmeyeceğim, Doktor. Bilirsiniz, bir sihirbaz hilesini açık ederse beğeni toplayamaz. Eğer size çalışma yöntemimle ilgili daha fazla sır verirsem, benim çok sıradan biri olduğum kanaatine varırsınız."

"Bunu asla yapmam," diye cevapladım. "Dedektifliği müspet ilimlere daha önce hiç olmadığı kadar yaklaştırdınız."

Bu sözlerimi duyan ve onları söylerkenki içtenliğimi fark eden arkadaşımın yanakları kızardı. Daha önceden de sanatına edilen övgüye, tıpkı bir kızın güzelliğinin övülmesine karşı olduğu kadar hassastı.

"Size bir şey daha söyleyeceğim," dedi. Rugan ve küt burun aynı arabayla geldi ve oldukça dostane bir şekilde yoldan birlikte yürüdüler; kesinlikle kol kola. İçeri girdiklerinde odanın içini kolaçan ettiler ya da daha doğrusu rugan çizmeler hareketsiz dururken, küt burunlu bir oraya bir buraya yürüdü. Tüm bunları tozun içinden okuyabiliyorum ve yürüdükçe daha da heyecanlandığını da. Adımlarının artan mesafesi bunu gösteriyor. Bu sırada sürekli konuşuyor, öfkeyle dolup taşıyordu. Sonra o trajedi yaşandı. Şimdilik size bütün bildiklerimi anlattım, geri kalanı yalnızca tahmin ve varsayım. Başlamamız için güzel bir temelimiz var. Acele etmemiz gerek, çünkü bu öğleden sonra Norman-Neruda'yı dinlemek için Hallé'nin konserine gitmek istiyorum."

Bu konuşma, arabamız uzun süre birbirini izleyen köhne sokaklardan ve kasvetli yan yollardan geçerken olmuştu. En köhne sokaklardan ve en kasvetli yan yollardan sonra arabacımız aniden durdu. "Audley Court şurada," dedi, ölü renkli kiremit dizisindeki dar yarığı işaret ederek. "Geri döndüğünüzde beni burada bulacaksınız."

Audley Court çekici bir yer değildi. Dar geçit bizi bayrakla dolu, bir dizi çirkin evin sıralandığı avluya çıkardı. Üstü başı pislik içindeki çocuk gruplarının ve rengi solmuş sıra sıra çamaşır arasından geçip kapısı, üzerine Rance adının nakşedildiği küçük bir pirinç levhayla süslenmiş 46 numaraya vardık. Sorduğumuzda polisin yatakta olduğunu öğrendik ve gelene kadar öndeki küçük salonda onu bekledik.

Çıkageldiğinde, uykusundan uyandırıldığı için biraz sinirli görünüyordu. "Raporumu ofise teslim ettim," dedi.

Holmes cebinden altın bir sikke çıkarıp düşünceli gözlerle oynamaya başladı. "Sizin ağzınızdan duymanın daha iyi olacağını düşündük," dedi.

"Size bildiğim her şeyi anlatmaktan mutluluk duyarım," diye cevapladı polis, gözlerini küçük, altın yuvarlaktan ayırmadan.

"Bize her şeyi olduğu gibi anlatın."

Rance at kılından yapılmış koltuğa oturup, hiçbir şeyi es geçmemeye karar vermiş gibi kaşlarını çattı.

"Size en başından anlatacağım," dedi. "Benim nöbetim gece onda başlayıp sabah altıya kadar devam eder. Saat on birde White Hart'ta bir kavga koptu; ama oraya gittiğimde her yer sessizdi. Saat birde yağmur başladı. Harry Murcher'la karşılaştım –Holland Grove nöbeti ondaydı– ve birlikte Henrietta Sokağı'nın köşesinde durup sohbet ettik. Daha sonra –saat ikiydi ya da biraz geçiyordu– biraz dolanıp Brixton Yolu'nda her şeyin yolunda olup olmadığına bakmaya karar verdim. Bu sokak epey pis ve ıssızdı. Yol boyunca in cin top oynuyordu ama yanımdan bir-iki atlı araba geçip gitti. Dolanıp dururken bir duble sıcak cinin nasıl da iyi gideceğini düşündüm. O sırada aniden o evin penceresindeki ışık gözümü aldı. Lauriston Gardens'taki o iki evin boş olduğunu biliyordum. Sahibi, orada oturan son kiracının karahummadan öldüğünü bildiği halde pis su borularını tahliye ettirmiyordu. Penceredeki ışığı görünce şaşkına döndüm ve bir sorun olduğundan şüphelendim. Kapıya gittiğimde..."

"Durdunuz ve sonra bahçe kapısına geri yürüdünüz," diye lafa girdi, arkadaşım. "Bunu neden yaptınız?"

Rance aniden sıçradı ve yüzünde son derece büyük bir şaşkınlıkla Sherlock Holmes'e baktı.

"Vay canına, doğru, efendim," dedi. "Bunu nasıl anladınız, Tanrı bilir. Ben kapıya gittiğimde etraf öylesine sessiz ve ıssızdı ki, yanımda birinin olmasını istedim. Mezarlığın bu kısmındaki hiçbir şeyden korkmam; ama onun boruları incelerken karahummadan ölen adam olabileceğini düşündüm. Bu fikirle yönümü değiştirip Murcher'ın fenerini görebilir miyim diye bakmak için bahçe kapısına doğru geri yürüdüm ama ne ondan ne de herhangi başka birinden bir iz vardı."

"Sokakta kimse yok muydu?"

"Tek bir canlı yoktu, hatta köpek bile. Sonra kendimi toparladım ve geri dönüp kapıyı iterek açtım. İçeride her şey sessizdi, ben de ışığın yandığı odaya girdim. Şömine rafında bir mum yanıyordu –kırmızı bir mumdu– ve ışığında gördüğüm..."

"Evet, gördüklerinizi biliyorum. Odanın içinde defalarca yürüdünüz ve cesedin yanında eğildikten sonra yeniden yürüyüp mutfak kapısını açmaya çalıştınız ve sonra..."

John Rance kireç gibi bir yüz ve gözlerinde şüpheyle ayağa fırladı. "Tüm bunları görmek için nereye saklanmıştınız?" diye bağırdı. "Bana öyle geliyor ki, bilmeniz gerekenden fazlasını biliyorsunuz."

Holmes güldü ve kartını masaya koyup polise doğru uzattı. "Beni cinayetten tutuklamayın," dedi. "Ben iz süren köpeklerden biriyim, kurt değil; Bay Gregson ya da Bay Lestrade bunun cevabını verir. Ama devam edin. Sonra ne yaptınız?"

Rance yeniden oturdu ama yüzündeki şaşkın ifade kaybolmamıştı. "Kapıya geri gidip düdük çaldım. Böylece Murcher ile iki kişi daha eve geldi."

"O sırada sokak boş muydu?"

"Boştu, iyi bir insanın gezinmek istemeyeceği kadar."

"Ne demek istiyorsunuz?"

Polisin yüzünde bir gülümseme belirdi. "Nöbetim sırasında çok fazla ayyaşla karşılaştım," dedi, "ama hiçbiri onun gibi değildi. Dışarı çıktığımda kapının orada, korkuluklara yaslanmış, Columbine'ın marşı ya da onun gibi bir şarkı söylüyordu. Ayakta duracak hali yoktu."

"Nasıl bir adamdı?" diye sordu Sherlock Holmes.

John Rance, bu konu dışı soru karşısında sinirlenmişe benziyordu. "Alışıldık tarzda bir sarhoş değildi," dedi. "Çok işimiz olmasaydı kendini nezarethanede bulurdu."

"Yüzünü –giysisini– fark etmediniz mi?" diyerek sabırsızlıkla araya girdi Holmes.

"Murcher ile adamı aramıza alıp destek olmamız gerektiği için fark ettim. Uzun bir adamdı, yüzü kırmızıydı, boynu sarmalanmıştı..."

"Bu kadarı yeterli," dedi Holmes. "Ona ne oldu?"

"İşimiz zaten başımızdan aşkındı," dedi polis, dertli bir sesle. "Eminim evine sağ salim varmıştır."

"Üzerinde ne vardı?"

"Kahverengi bir palto."

"Elinde kırbaç var mıydı?"

"Kırbaç… hayır."

"Geride bırakmış olmalı," diye mırıldandı arkadaşım. "Sonrasında araba görmediniz mi?"

"Hayır."

"İşte altın bir sikke," dedi arkadaşım, ayağa kalkıp şapkasını takarken. "Rance, korkarım ki mesleğinizde asla ilerleyemeyeceksiniz. Kafanızı yalnızca süs olarak kullanmamalısınız. Dün gece terfi edebilirdiniz. Elinizdeki adam, tüm esrar perdesini aralayacak, aradığımız adamdı. Artık bu konuda konuşmanın bir anlamı yok; bundan emin olabilirsiniz. Benimle gelin, Doktor."

Muhbirimizi kuşku içinde ama kesinlikle huzursuz bir şekilde bırakarak birlikte arabaya doğru yürümeye başladık.

"Beceriksiz salak," dedi Holmes, acı acı, evimize dönerken. "Eline müthiş bir şans geçmiş ve bunu kullanamamış."

"Hâlâ anlayamıyorum. Bu adamın tarifi, sır perdesinin ikinci bölümüyle ilgili fikrinizle örtüşüyor. Ama evden çıktıktan sonra neden geri dönsün ki? Katiller böyle yapmaz."

"Yüzük, dostum, yüzük; onu almaya gelmişti. Onu yakalamanın başka bir yolu yoksa, her zaman yüzüğü yem olarak kullanabiliriz. Onu bulacağım, Doktor; her bahse varım. Her şey için size teşekkür etmeliyim. Siz olmasaydınız gitmeyebilirdim ve gitmemiş olsaydım da karşılaştığım en güzel çalışmayı ıskalardım. Kızıl dosya, ha? Biraz sanat jargonu kullanmamızdan bir şey çıkmaz. Cinayetin kızıl ipliği, hayatın renksiz yumağının içine karışmış ve bizim görevimiz bunu belirlemek, açığa çıkarmak ve her santimetresini ortaya dökmek. Şimdi de öğle yemeği ve sonra Norman-Neruda. Müziği ve tekniği muhteşem. Chopin'den fevkalade bir şekilde çaldığı küçük parça vardır: Tra-la-la-lira-lira-lay."

Arabada arkasına yaslanan bu meraklı dedektif, ben insan zihninin çok taraflılığını düşünürken tarlakuşu gibi şakıyordu.

5
İLANIMIZA GELEN ZİYARETÇİ

Sabahki koşuşturmamız, zayıf sağlığım için fazlaydı. Öğleden sonra halsiz düştüm. Holmes konsere gittikten sonra koltuğa uzanıp birkaç saat uyumaya çalıştım. Nafile bir çabaydı. Tüm olup bitenler yüzünden zihnim heyecanla gerilmiş, oldukça tuhaf olasılıklar ve şüpheler de bu hale gelmeme tuz biber ekmişti. Gözlerimi her kapadığımda, ölen adamın babunları andıran bozuk ifadesi aklıma geliyordu. Yüzündeki ifade öyle kötüydü ki, sahibini dünya üzerinden sildiği için katile minnet dışında hiçbir şey duyamıyordum. Eğer bir insan yüzü için gelmiş geçmiş en şeytani tip ısmarlanacak olsaydı, bu kesinlikle Cleveland'lı Enoch J. Drebber'ınki olurdu. Yine de adaletin yerine getirilmesi gerektiğini, kurbanın günahkârlığının yasalar karşısında hiçbir hükmünün olmaması gerektiğini düşünüyordum.

Bunu düşündükçe, arkadaşımın adamın zehirlendiği konusundaki hipotezi gözüme olağanüstü görünmeye başlamıştı. Dudaklarını nasıl kokladığını hatırladım ve mutlaka aklında bu fikri uyandıracak bir şeyler bulmuş olduğunu düşündüm. Peki ya zehirlenmediyse, yara ya da boğulma emaresi de olmadığına göre, adamın ölümüne neden olan şey ne olabilirdi? Ama öte yandan yerdeki yoğun kan kime aitti? Mücadele edildiğine ya da kurbanın düşmanını yaralayabileceği bir silahı olduğuna dair hiçbir iz yoktu. Tüm bu sorunlar çözülmediği sürece, ne benim ne de Holmes'ün gözüne uyku girecekti. Aklından geçenleri tahmin edemesem de, kendinden emin tavrı, beni çoktan bütün olayları açıklayan bir teori oluşturduğuna inandırmıştı.

Eve çok geç dönmüştü, öyle geç ki, konserin bu kadar uzun sürdüğünü hiç sanmıyordum. O gelmeden akşam yemeği sofraya konmuştu bile.

"Harikaydı," dedi, yerine otururken. "Darwin'in müzik hakkında söylediklerini hatırlıyor musunuz? Müzik üretme ve dinleme gücünün, insan ırkının konuşmayı öğrenmesinden çok önce ortaya çıktığını iddia eder. Belki de müzikten zarif bir şekilde ilham almamızın nedeni budur. Ruhlarımızda, dünyanın daha çocukluk çağında olduğu o puslu yüzyılların belirsiz hatıraları var."

"Bu uçsuz bucaksız bir fikir," dedim.

"İnsanın fikirleri de doğayı yorumlar gibi, doğa kadar uçsuz bucaksız olmalı," diye cevapladı. "Sorun ne? Pek iyi görünmüyorsunuz. Bu Brixton Yolu olayı sizi üzmüş olmalı."

"Doğrusunu söylemek gerekirse, evet," dedim. "Afganistan deneyimlerimden sonra kabuğumun daha çok sertleşmiş olması gerekirdi. Maiwand'da kendi yoldaşlarımın parampärça edildiğini gördüğümde kendime hâkim olabilmiştim."

"Anlayabiliyorum. Bu konuda, insanın hayal gücünü allak bullak eden bir sır var; hayal gücünün olmadığı yerde ise korku olmaz. Akşam gazetesini gördünüz mü?"

"Hayır."

"Olaya epey bir yer ayırmışlar. Ama adamın kaldırıldığında yere bir kadına ait olan alyansın düştüğünden söz etmemişler, ki bu iyi olmuş."

"Neden?"

"Şu ilana bir bakın," diye cevapladı. "Bu sabah olaydan hemen sonra her gazeteye yollamıştım."

Gazeteyi bana doğru uzattığında, gösterdiği yere baktım. "Bulunanlar" sütununun ilk ilanıydı. "Bu sabah, Brixton Yolu'nda," diyordu, "White Hart tavernasıyla Holland Grove arasındaki yolda altın bir alyans bulundu. Bu akşam saat sekizle dokuz arası, Baker Sokağı, 221B numaradaki Dr. Watson'a başvurabilirsiniz."

"Adınızı kullandığım için özür dilerim," dedi. "Kendi adımı kullansaydım bu mankafalar hemen anlar ve olaya burunlarını sokarlardı."

"Sorun değil," diye cevapladım. "Ama biri başvurursa yüzük bende değil."

"Ah, evet, sizde," dedi, bana bir yüzük uzatarak. "Bu işimizi görür. Hemen hemen aynısı."

"Peki bu ilana kimin cevap vermesini bekliyorsunuz?"

"Kahverengi ceketli adamın, küt burunlu çizme giyen, kırmızı yanaklı dostumuzun. Kendi gelmese bile bir suç ortağını yollayacaktır."

"Bunun tehlikeli olduğunu düşünmez mi?"

"Hiç sanmam. Olay hakkındaki görüşüm doğruysa, ki buna inanmak için birçok nedenim var, bu adam yüzüğü kaybetmektense her türlü riske girer. Bence Drebber'ın cesedinin üzerine eğilirken düşürdü ve o sırada fark etmedi. Evden çıktıktan sonra kaybının farkına varıp hızla geri döndü ama hata ederek mumu söndürmeden bırakması nedeniyle polisin çoktan orada olduğunu gördü. Kapıda belirmesi konusunda oluşacak şüpheleri dağıtmak için sarhoş taklidi yaptı. Şimdi kendinizi o adamın yerine koyun. Olayı düşündükçe yüzüğü evden çıktıktan sonra sokakta düşürmüş olmasının mümkün olduğunu sanacak. Peki o zaman ne yapacak? Kayıp eşyaların arasında onu görme umuduyla akşam gazetelerine hızla göz gezdirecek. Elbette gözüne bu ilan ilişecek. Çok mutlu olacak. Neden tuzak kurulmuş olmasından korksun ki? Yüzüğün bulunmasıyla cinayetin ilişkili olmasının düşünülmesi için tek bir neden bile bulamayacak. Buraya gelecek. Gelecek. Onu bir saat içinde görürsünüz."

"Ya sonra?" diye sordum.

"Ah, gerisini ben hallederim. Silahın var mı?"

"Eski ordu tabancam ve birkaç fişeğim var."

"Temizleyip doldursan iyi olur. Çaresiz durumda bir adam gelecek ve onu gafil avlayacak olsam da, her şeye karşı hazırlıklı olmalıyız."

Yatak odama gidip dediklerini yaptım. Tabancayla geri döndüğümde masa temizlenmişti ve Holmes en sevdiği uğraşı olan kemanıyla meşguldü.

"Planımız işliyor," dedi, içeri girdiğimde. "Az önce Amerika'ya gönderdiğim telgrafa bir cevap geldi. Olay hakkındaki görüşüm doğruymuş."

"Cevap neydi?" diye sordum sabırsızca.

"Kemanıma yeni tel taksam iyi olacak," dedi. "Tabancanızı cebinize koyun. Adam geldiğinde onunla hiçbir şey yokmuş gibi konuşun. Gerisini bana bırakın. Sert bakışlarla onu korkutmayın."

"Şu an saat sekiz," dedim, saatime bakarak.

"Evet. Muhtemelen birkaç dakikaya burada olur. Kapıyı hafifçe açın. O kadarı yeter. Şimdi anahtarı yerleştirin. Teşekkürler! Bu kitabı dün bir tezgâhtan aldım –*De Jure inter Gentes*– Belçika, Liége'de, 1642 yılında basılmış. Bu küçük, kahverengi cilt basıldığında Charles'ın kafası hâlâ omuzlarının üzerinde ve sağlamdı."

"Kim basmış?"

"Philippe de Croy diye biri. Kapaktan sonraki sayfada, çok silik bir mürekkeple 'Ex libris Guliolmi Whyte'* yazıyor. William Whyte'ın kim olduğunu merak ettim. Herhalde pragmatik bir on yedinci yüzyıl hukukçusudur. Yazısında bir hukukçu havası var. Bizim adam da geldi sanırım."

Konuşurken kapıdan keskin bir zil sesi duyuldu. Sherlock Holmes usulca kalktı ve sandalyesini kapıya doğru hareket ettirdi. Hizmetçi kadının hole gittiğini ve kapıdan keskin bir tık sesinin geldiğini duyduk.

"Dr. Watson'ın evi burası mı?" diye sordu berrak ama daha çok kaba bir ses. Hizmetçinin cevabını duyamadık ama kapı kapandı ve birisi merdivenlerden çıkmaya başladı. Ayak sesleri kararsız ve dolambaçlıydı. Kulak kabartmış, olan biteni izleyen arkadaşımın yüzüne şaşkın bir ifade yerleşmişti. Adam yavaşça koridorda ilerledi ve kapı hafifçe çalındı.

"İçeri girin," diye seslendim.

Davetimi duyunca, beklediğimiz vahşi görünümlü bir adam yerine çok yaşlı ve kırış kırış bir kadın içeri girdi. Ani ışık onu şaşırtmışa benziyordu ve dizlerini büküp selam verdikten sonra kamaşmış gözlerini kırpıştırarak ve gergin, titrek elleriyle cebinden bir şeyler çıkarmaya çalışarak bize

* (Lat.) Guliolmi Whyte'ın kitaplığından. –*çn*

baktı. Gülmemek için kendimi tutmamın tek yolu, yüzüne acıklı bir ifade yerleşen arkadaşıma dönüp bakmak oldu.

İhtiyar kadın cebinden bir akşam gazetesi çıkarıp ilanımızı işaret etti. "Beni buraya getiren bu ilan oldu, sayın baylar," dedi, bir kez daha dizlerini bükerek. "Brixton Yolu'nda altın bir yüzük bulunmuş. Yüzük, on iki ay önce evlenen kızım Sally'ye ait. Kocası ordu gemisinde kamarot olarak çalışıyor. Gelir de kızımı yüzüksüz görürse neler olur, tahmin bile edemiyorum. Zaten genelde çok sert bir adamdır, ama bir de içkiliyse... Merak ediyorsanız söyleyeyim, kızım dün sirke gitti..."

"Bu onun yüzüğü mü?" diye sordum.

"Tanrı'ya şükür!" diye bağırdı ihtiyar kadın. "Sally bu gece çok mutlu bir kadın olacak. Onun yüzüğü."

"Peki ya adresiniz ne?" diye sordum, bir kalem alarak.

"Duncan Sokağı, 13 numara, Houndsditch. Buradan yorucu bir uzaklıkta."

"Brixton Yolu, sirkle Houndsditch arasında değil," dedi Sherlock Holmes, keskin bir şekilde.

İhtiyar kadın etrafına bakındıktan sonra küçük, etrafı kızarmış gözlerini sertçe ona dikti. "Beyefendi *benim* adresimi sordu," dedi. "Sally, Peckham'da, Mayfield Meydanı, 3 numaradaki bir lojmanda yaşıyor."

"Sizin adınız neydi?"

"Benim soyadım Sawyer. Kızımınki Dennis, kocası ise Tom Dennis. Denizde olduğu sürece zeki, temiz bir adamdır ve tayfadaki hiçbir kamarot eline su dökemez; ama karaya çıktığında, işin içine başka kadınlar ve içki dükkânları giriyor..."

"Yüzüğünüz, Bayan Sawyer," diyerek araya girdim, arkadaşımın verdiği işarete itaat ederek. "Belli ki kızınızın yüzüğü ve gerçek sahibini bulabildiğimiz için de çok mutluyum."

İhtiyar kadın fısıltı halinde şükranlarını ve minnettarlığını belirterek yüzüğü cebine koydu ve merdivenlerden aşağıya inmeye başladı. Sherlock Holmes, kadın gider gitmez ayağa fırladı ve odasına koştu. Birkaç saniye sonra paltosunu giyip atkısını takmış bir şekilde geri geldi. "Onu takip edeceğim," dedi, aceleyle. "Suç ortağı olabilir ve bizi ona götürebilir. Beni bekleyin." Holmes merdivenlerden inmeden holün kapısı sert bir şekilde ziyaretçinin arkasından kapandı. Pencereden baktığımda kadının ağır ağır yolun karşı tarafında yürüdüğünü gördüm. Arkasından giden Sherlock Holmes ile aralarında az bir mesafe vardı. "Ya bütün teorisi yanlış," diye düşündüm kendi kendime, "ya da şu anda esrar perdesinin merkezine gidiyor." Onu beklememi istemesi yersizdi, çünkü macerasının sonunu duyana kadar gözümü kırpmayacaktım.

Evden çıktığında saat dokuza geliyordu. Kaçta döneceğine dair en ufak bir fikrim bile yoktu ama umursamazca oturup pipomu içiyor, bir yandan da Henri Murger'nin *Vie de Bohème*'inin sayfalarını karıştırıyordum. Saat onu geçtiğinde yatmaya giden hizmetçinin ayak seslerini duydum. On birde ev sahibesinin kendini belli eden ayak seslerinin kapımın önünden geçti. O da yatmaya gidiyordu. Saat on ikiye yaklaşırken Sherlock Holmes'ün anahtarının keskin sesini duydum. İçeri girdiğinde yüzünden başarıya ulaşamadığını hemen anladım. Zevk ve keder şampiyonluk için birbiriyle yarışıyor gibiydi ama zevk aniden ipi göğüsledi ve Sherlock Holmes içten bir kahkaha patlattı.

"Ne olursa olsun, Scotland Yard'dan kimsenin bunu bilmesini istemiyorum," dedi, kendisini sandalyeye bırakarak. "Onlarla o kadar dalga geçtim ki, duysalardı burnumdan getirirlerdi. İstediğim gibi gülebilirim, çünkü uzun vadede başaracağımı biliyorum."

"Ne oldu peki?" diye sordum.

"Ah, aleyhimde bir hikâyeyi anlatmaktan gocunmam. O yaratık biraz ilerlemişti ki, sendelemeye ve ayağının ağrıdığına dair her türlü işareti göstermeye başladı. Sonra durdu ve geçen dört tekerlekli bir arabaya işaret etti. Adresini duyabilecek kadar ona yaklaşmayı başardım ama çok dert etmeme gerek yoktu, çünkü sokağın öteki tarafından duyulacak kadar sesli söyledi, "Houndsditch, Duncan Sokağı, 13 numaraya gidelim," dedi. Söylediklerinin doğru olduğunu düşünmüştüm. Arabaya sağ salim bindiğini gördükten sonra ben de arkasına asıldım. Bu, her dedektifin uzman olması gereken bir sanattır. Araba hareket etti ve arabacı söz konusu caddeye varana kadar da atları dizginlemedi. Kapıya gelmeden arabanın arkasından atladım ve sokakta aylak aylak dolandım. Arabanın durduğunu gördüm. Arabacı aşağı atladı. Kapıyı açıp beklediğini gördüm. Ama içeriden kimse çıkmadı. Soluğu arabacının yanında aldığımda boş arabayı telaş içinde yokluyor, şu âna kadar duyduğum en güzel küfür koleksiyonundan çeşitlemeler dile getiriyordu. Yolcusundan hiçbir işaret ya da iz yoktu ve ücretini alana kadar da epey zaman geçecek sanırım. 13 numarayı soruşturduğumuzda evin saygın bir duvar kâğıtçısına ait olduğunu öğrendik. Adı Keswick'ti ve oralarda Sawyer ya da Dennis adında kimseyi tanımıyordu."

"Yani söylemek istediğiniz şey," dedim, şaşkınlık içinde, "o sendeleyen, ağır aksak ihtiyar kadının araba hareket halindeyken, size ve arabacıya görünmeden aşağıya atladığı mı?"

"İhtiyar kadının canı cehenneme!" dedi Sherlock Holmes, keskin bir dille. "Onun ihtiyar bir kadın olduğunu sandık. Genç bir adam olmalı. Üstelik eşsiz bir oyuncu olmasının yanı sıra, dinç de biri. Arabaya binişi benzersizdi. Takip edildiğini kesinlikle gördü ve bunu beni atlatmak için kullandı. Bu da peşinde olduğumuz adamın tahmin ettiğim kadar yalnız olmadığını, onun için bir şeyleri tehlikeye atabilecek arkadaşları olduğunu gösterir. Şimdi, Doktor, çok yorgun görünüyorsunuz. Tavsiyemi dinleyin ve yatağınıza gidin."

Kendimi çok bitkin hissettiğim kesindi, o yüzden söylediğini yaptım. Holmes'ü için için yanan ateşin önünde bırakıp geceye daldım. O sırada kemanının kısık ve kederli sızlamalarını duydum. Aklının hâlâ, ortaya çıkarmakta kararlı olduğu o tuhaf vakada olduğunu biliyordum.

6

TOBİAS GREGSON NELER YAPABİLECEĞİNİ GÖSTERİYOR

Ertesi gün, gazeteler "Brixton Gizemi"yle doluydu. Olayı böyle adlandırmışlardı. Her biri habere geniş yer ayırmıştı ve bazılarında buna ilave olarak makaleler de vardı. Yer yer benim de bilmediğim bilgilere rastlamıştım. Hâlâ defterimde olaya dair sayısız kupür ve bilgi var. Birkaç tanesinin özeti şu şekildeydi:

The Daily Telegraph, suç tarihinde tuhaf özellikler taşıyan trajediye pek az rastlandığını söylüyordu. Kurbanın Almanca ismi, cinayeti işlemek için gerekçe eksikliği ve duvardaki uğursuz yazı, suçu siyasi sığınmacılara ve devrimcilere yüklüyordu. Sosyalistlerin Amerika'da çok fazla uzantısı olduğu ve merhumun onların yazılmamış yasalarını ihlal ettiği şüphesizdi. Vehmgericht'a, aqua tofana'ya, Carbonari'ye, Brinvilliers Markizi'ne, Darwin teorisine, Malthus prensiplerine ve Ratcliff Otobanı katillerine umursamazca atıfta bulunduktan sonra makale, devleti uyarıp İngiltere'deki yabancılara dikkat edilmesi gerektiğini söyleyerek sona eriyordu.

The Standard, bu tür yasadışı hareketlerin genelde liberal bir yönetim altında gerçekleştiğinden dem vuruyordu. Kitlelerin sarsıcı zihinlerinden ve zayıflamış otoriteden kaynaklanıyordu. Merhum, birkaç hafta önce şehir merkezinde oturan bir Amerikalıydı. Bir süre Madam Charpentier'nin Camberwell, Torquay Terrace'taki pansiyonunda kalmıştı. Yolculukları sırasında özel sekreteri Bay Joseph Stangerson da ona eşlik ediyordu. İkili bu ayın dördünde, salı günü ev sahibeleriyle vedalaştıktan sonra Liverpool ekspresini yakalamak için Euston İstasyonu'na gitmişlerdi. Daha sonra peronda görülmüşlerdi. Kayıtlara göre Bay Drebber'ın cesedi Euston'dan kilometrelerce uzaktaki Brixton Yolu'nda bulunana kadar onlardan haber alan olmamış. Oraya nasıl geldiği ya da başına bunun nasıl geldiği hâlâ gizemini koruyor. Stangerson'ın nerelerde olduğunu kimse bilmiyor. Scotland Yard'dan Bay Lestrade ile Bay Gregson'ın bu vaka için görevlendirilmesine çok sevindik ve bu tanınmış polislerin olayı hızlıca aydınlatmasını bekliyoruz.

The Daily News ise cinayetin siyasi nedenlerle işlendiğine hiç şüphe olmadığını söylüyordu. Kıta devletlerini hareketlendiren diktatörlük ve liberalizm düşmanlığı nedeniyle kıyılarımıza birçok insan gelmişti. Bu insanlar maruz kaldıkları olaylar yüzünden saldırganlaşmasalardı, mükemmel vatandaşlar olabileceklerdi. Bu insanların arasında sıkı ahlak kuralları vardı ve bu kuralları ihlâl edenler ölümle cezalandırılıyordu. Sekreter Stangerson'ı bulmak ve merhumun alışkanlıklarının ortaya çıkarılması için elden gelen yapılmalıdır. Gittiği evin adresinin bulunması çok büyük bir adımdı.

Bu da Scotland Yard'dan Bay Gregson'ın zekâsı ve enerjisi sayesinde olmuştu.

Kahvaltı sırasında birlikte okuduğumuz bu notlar, Holmes'ün keyfini yerine getirmiş gibiydi.

"Size söylemiştim, ne olursa olsun bütün puanları kesinlikle Lestrade ile Gregson toplayacaktı."

"Bu, işlerin nasıl bir noktaya varacağına göre değişir."

"Ah, Tanrı aşkına, hiç önemi yok. Adam yakalanırsa, bu onların çabası *sayesinde* olacak; kaçarsa çabalarına *rağmen* olacak. Yazı tura. Ne yaparlarsa yapsınlar, takipçileri olacak. *'Un sot trouve toujours un plus sot qui l'admire.'*"*

"Bu da ne demek?" dedim, o sırada holde ve merdivenlerde yankılanan hızlı ayak seslerinin ardından ev sahibesinin duyulacak kadar yüksek tiksinti ifadeleri duyulmuştu.

"Cinayet masasının Baker Sokağı birimi," dedi arkadaşım, usulca; o konuşurken odaya o âna kadar hiç görmediğim, en pis, en kenar mahallelerden yarım düzine sokak çocuğu girdi.

"Dikkat!" diye bağırdı Holmes, keskin bir sesle. Altı tane pis, küçük herif itibarsız heykelcikler gibi sıra olup durdular. "Bir dahakine haber vermesi için Wiggins'i tek başına yollarsınız. Geri kalanınız sokakta beklesin. Buldun mu, Wiggins?"

"Hayır efendim, bulamadık," dedi gençlerden biri.

"Bulacağınızı da pek sanmıyordum. Bulana kadar işin peşini bırakmayın. İşte paranız." Her birine birer şilin verdi. "Şimdi gidin ve bir dahakine daha iyi bir haberle gelin."

Elini salladı ve gençler merdivenlerden aşağı sıçan gibi kaçıştı. Tiz seslerini anında sokaktan duyduk.

* (Fr.) "Her aptal, onu beğenen başka bir aptal bulur." *–çn*

"Bu küçük dilenciler, bir düzine polisten çok daha iyi iş çıkarıyorlar," dedi Holmes. "İnsanlar karşılarında resmi üniformalı birini görünce dut yemiş bülbüle dönüyor. Oysa bu delikanlılar her yere gidip, her şeyi duyuyorlar. İğne gibi keskinler; tek eksikleri örgütlenmek."

"Onları Brixton vakası için mi tuttunuz?" diye sordum.

"Evet; doğrusunu öğrenmek istediğim bir nokta var. Sadece bir zaman meselesi. Hey! Şimdi intikam dolu haberler alacağız! İşte Gregson geliyor ve mutluluğu da yüzünden okunuyor. Bize geliyor, biliyorum. Evet, duruyor. İşte orada!"

Zil sert bir şekilde çalındı ve birkaç saniye sonra açık renk saçlı dedektif merdivenlerden yukarı üçer üçer çıkıp oturma odasına daldı.

"Sevgili dostum," dedi, Holmes'ün hiç oralı olmayan elini kuvvetlice sıkarak, "beni tebrik edin! Her şeyi gün gibi açığa çıkardım."

Arkadaşımın dokunaklı yüzünde telaşın gölgesini görür gibi oldum.

"Yani doğru yolda olduğunuzu mu söylüyorsunuz?" diye sordu.

"Doğru yolda! Bakın, efendim, adamı kıskıvrak yakaladık."

"Peki ya adı ne?"

"Arthur Charpentier, Majesteleri'nin donanmasında deniz teğmeni," dedi Gregson, gururla, tombul ellerini ovuşturup göğsünü şişirerek.

Sherlock Holmes rahatlayarak iç çekti ve gülümsedi.

"Oturun ve şu purolardan birini deneyin," dedi. "Bunu nasıl başardığınızı merak ettik. Viski ve su içer misiniz?"

"Zahmet olacak," diye cevapladı dedektif. "Son bir-iki gündür yürüttüğüm muazzam çalışmalar beni elden ayaktan düşürdü. Bildiğiniz gibi fiziksel bir çabadan ziyade zihinsel gerilimden bahsediyorum. Takdir edeceğinizi sanıyorum, Bay Sherlock Holmes, çünkü ikimiz de beyin işçileriyiz."

"Beni onurlandırıyorsunuz," dedi Holmes, usulca. "Bu sevindirici sonuca nasıl ulaştığınızı biz de öğrenmek isteriz."

Dedektif koltuğa oturup purosunu üfledi. Sonra aniden neşe içinde bacağına vurdu.

"Çok eğlenceli," dedi. "Kendisini çok zeki sanan o aptal Lestrade'ın tamamen yanlış izi takip etmesi çok eğlenceli. Cinayetle, henüz doğmamış bir bebek kadar ilgisi olan sekreter Stangerson'ın izinde. Eminim şu âna kadar onu yakalamıştır bile."

Bu fikir Gregson'ın keyfini öyle yerine getirmişti ki, nefessiz kalana kadar güldü.

"Peki ipucuna nasıl ulaştınız?"

"Ah, her şeyi anlatacağım. Doktor Watson, tabii ki bu kesinlikle aramızda kalmalı. Baş etmemiz gereken ilk zorluk, o Amerikalının geçmişini deşmek oldu. Bazıları ilanları cevaplanana kadar ya da adamları kendi istekleriyle gelip bilgi verene kadar bekleyebilir. Ama Tobias Gregson'ın sorunun üzerine gitme tarzı bu değildir. Ölen adamın yanındaki şapkayı hatırlıyor musunuz?"

"Evet," dedi Holmes. "John Underwood ve Oğulları, Camberwell Sokağı, 129 numara."

Gregson'ın süngüsü düşmüş gibiydi.

"Bunu fark ettiğinizi bilmiyordum," dedi. "Oraya mı gittiniz?"

"Hayır."

"Ha!" diye bağırdı Gregson, rahatlamış bir sesle. "Küçük bile olsa asla elinize geçen bir fırsatı geri tepmemelisiniz."

"Büyük bir akıl için hiçbir şey küçük değildir," dedi Holmes, özlü bir şekilde.

"Ben Underwood'a gittim ve o boylarda, o görünümde bir şapka satıp satmadığını sordum. Defterlerine baktıktan sonra hemen buldular. Şapkayı, Torquay Terrace'ta bulunan Charpentier Pansiyonu'nda yaşayan Bay Drebber'e yollamışlar. Ben de o adrese gittim."

"Zekice, çok zekice!" diye mırıldandı Sherlock Holmes.

"Sonra Madam Charpentier'yi buldum," diye devam etti dedektif. "Onu çok solgun ve sıkıntılı gördüm. Kızı da odadaydı, olağanüstü bir şekilde güzeldi; gözleri kızarmıştı ve onunla konuşurken dudakları titriyordu. Dikkatimden kaçmadı. İçime kurt düştü. O hissi bilirsiniz ya, Bay Sherlock Holmes, doğru izin peşine düştüğünüzde olur; sinirleriniz gerilir. 'Eski misafiriniz olan Cleveland'lı Bay Enoch J. Drebber'ın esrarengiz ölümünden haberiniz var mı?' diye sordum.

"Annesi başını evet anlamında salladı. Ağzını bıçak açmıyordu. Kızı gözyaşlarına boğuldu. Bu insanların konuyla ilgili bir şeyler bildiğinden emin olmuştum.

" 'Bay Drebber saat kaçta trene binmek üzere evinizden ayrıldı?' diye sordum.

" 'Saat sekizde,' dedi, gerginliğini yenmek için yutkunarak. 'Sekreteri Bay Stangerson iki tren olduğunu, birinin 9.15'te, diğerinin ise 11'de kalktığını söylemişti. İlkine yetişeceklerdi."

" 'Onu en son o zaman mı görmüş oldunuz?'

"Soruyu sorar sormaz kadının yüzünde korkunç bir değişim meydana geldi. Yüzü mosmor oldu. Tek bir kelime sarf ederek 'Evet' demesi için birkaç saniye geçmesi gerekti. Üstelik çok boğuk ve yapay bir sesle konuşmuştu.

"Bir anlık sessizlikten sonra kızı sakin bir sesle konuşmaya başladı.

" 'Yalandan hayır gelmez, anne," dedi. 'Bu beyefendiye karşı dürüst olalım. Bay Drebber'ı yeniden *gördük.*'

" 'Tanrı seni affetsin!' diye bağırdı, Madam Charpentier, yenilgiyi kabullenip sandalyesine gömülerek. 'Erkek kardeşini öldürdün.'

" 'Arthur gerçekleri anlatmamızı isterdi,' diye cevapladı kız kesin bir dille.

" 'Bana şu an her şeyi anlatsanız iyi olur,' dedim. 'Yarım yamalak anlatmak, hiç anlatmamaktan daha kötü. Üstelik bu konuda ne kadar çok şey bildiğimizi de bilmiyorsunuz.'

" 'Sen bilirsin, Alice!' diye bağırdı annesi; sonra bana dönerek, 'Size her şeyi anlatacağım, efendim. Oğlum konusundaki gerginliğim, onun bu korkunç olayda parmağı olduğundan korktuğum anlamına gelmiyor. O tamamen masumdur. Benim korkum, sizin ve diğerlerinin gözünde tehlikeli görünebileceği. Mükemmel kişiliği, mesleği, geçmişi buna müsaade etmez.'

" 'Yapacağınız en iyi şey, her şeyi anlatmak,' diye cevapladım. 'Buna bağlı olarak, oğlunuz masumsa başına hiçbir kötülük gelmeyecek.'

" 'Alice, belki de bizi yalnız bıraksan daha iyi olur,' dedi kadın ve kızı odadan çıktı. 'Şimdi, efendim,' diye devam etti kadın, 'Size tüm bunları anlatmaya niyetim yoktu ama madem zavallı kızım sırrı ifşa etti, benim de başka seçeneğim kalmadı. Bir kez konuşmaya karar verdikten sonra size her şeyi hiçbir ayrıntıyı atlamadan anlatacağım.'

" 'İzleyeceğiniz en akıllı yol bu olur,' dedim.

" 'Bay Drebber yaklaşık üç haftadır bizimleydi. O ve

sekreteri Bay Stangerson kıta içinde seyahat ediyordu. Her ikisinin de bavulunda Kopenhag etiketi görmüştüm ve bu da onların son duraklarının neresi olduğunu gösteriyordu. Stangerson oldukça vakur bir adamdı, ama patronu, bunu söyleyeceğim için beni affedin ama, tam tersiydi. Kaba saba bir tipti. Geldiği ilk gece körkütük sarhoş oldu ve ertesi gün saat öğlen on ikiyi geçtiğinde hâlâ ayılamamıştı. Kadın hizmetçilere karşı tutumu iğrenç bir şekilde laçka ve laubaliydi. En kötüsü de, bu tavırlarını kısa süre içinde kızım Alice'e karşı da sergilemeye başlaması. Onunla bir kezden fazla olmak üzere, kızımın –neyse ki– saflığından anlayamadığı tarzda konuştu. Bir keresinde onu kollarına alıp sarıldı. Bu, kendi sekreterinin bile bu erkekliğe sığmayacak davranışı yüzünden kendisine çıkışmasına neden oldu.'

" 'Peki tüm bunlara neden katlandınız?' diye sordum. 'Sanırım misafirlerinizi istediğiniz zaman çıkarabilirsiniz.'

"Bayan Charpentier, bu mantıklı sorum karşısında kızardı. 'Tanrı şahit, onu geldiği ilk gün uyarmıştım,' dedi. 'Ama hassas bir konuydu bu. Adam başı günlük bir pound ödüyorlardı. Haftada on dört pound ediyordu ve şu an ölü sezondayız. Ben dulum ve donanmadaki oğlumun da masrafı çok oluyor. Paramdan olmak istemedim. İyi niyetli davrandım. Ama bu yaptığı, bardağı taşıran son damla oldu ve ben de onu buradan ayrılması konusunda uyardım. Gitmesinin nedeni buydu.'

" 'Sonra?'

" 'Gittiğini gördüğümde içim rahatladı. Oğlum şu anda izinde ama ona tüm bu olanlardan bahsetmedim, çünkü öfkesi çok şiddetlidir ve kız kardeşine de çok düşkündür. Arkalarından kapıyı kapadığımda üzerimden yük kalkmış gibi oldu. Gelin görün ki, bir saat ya geçmişti ya geçmemişti, kapı çaldı ve Bay Drebber'ın geri döndüğünü öğrendim. Çok gergindi ve sarhoş olduğu belliydi. Kızımla oturduğum odaya zorla girdi ve treni kaçırdığına dair tutarsız bir şeyler geveledi. Sonra Alice'e döndü ve gözümün önünde uçağa binip onunla gelmesini teklif etti. "Reşitsin," dedi, "ve seni durdurabilecek bir yasa yok. Harcayacak çok param var. Bu yaşlı kadını düşünme ve hemen benimle gel. Senin prensesler gibi yaşaman gerek." Zavallı Alice öyle korkmuştu ki, ondan uzaklaştı ama adam onu bileğinden yakalayıp kapıya doğru sürükledi. Çığlık attım. O sırada oğlum Arthur odaya girdi. Sonrasında neler oldu, bilmiyorum. Küfürlerin havada uçtuğunu ve boğuşma seslerini duydum. Kafamı kaldıramayacak kadar korkmuştum. Kaldırdığımda ise Arthur'un gülerek eşikte durduğunu, elinde de bir sopa olduğunu gördüm. "O herifin başımıza bir daha bela olacağını hiç sanmıyorum," dedi. "Peşinden gidip ne yapacağına bakacağım." Bunları söyledikten sonra şapkasını alıp sokağa çıktı. Ertesi sabah Bay Drebber'ın esrarengiz ölümünü duyduk."

"Bu sözler, Bayan Charpentier'nin dudaklarından soluk soluğa ve duraksamalarla dökülmüştü. Bazen öylesine yavaş konuştu ki, ne dediğini zar zor anlayabildim. Hataya mahal vermemek için tüm anlattıklarını not aldım."

"Epey heyecan verici," dedi Sherlock Holmes, esneyerek. "Sonra ne oldu?"

"Bayan Charpentier durdu," diyerek devam etti dedektif. "Bütün olanların tek bir noktada düğümlendiğini gördüm. Kadınlarda her zaman etkili olduğunu düşündüğüm bir tavırla gözlerimi diktim ve oğlunun saat kaçta geri döndüğünü sordum.

" 'Bilmiyorum,' diye cevapladı.

" 'Bilmiyor musunuz?'

" 'Hayır; kendi anahtarı var, eve öyle girmiş.'

" 'Siz yattıktan sonra mı?'

" 'Evet.'

" 'Kaçta yattınız?'

" 'On bir civarıydı.'

" 'O halde oğlunuz en az iki saattir evde yoktu, öyle mi?'

" 'Evet.'

" 'Muhtemelen dört-beş saat, değil mi?'

" 'Evet.'

" 'Tüm bu zaman zarfında ne yaptı?'

" 'Bilmiyorum,' diye cevapladı, beti benzi atmıştı.

"Tabii ki bundan sonra artık yapacak bir şey kalmamıştı. Teğmen Charpentier'nin nerede olduğunu öğrendim, yanıma iki polis alıp onu yakaladım. Omzuna dokunup bizimle gelmesi konusunda usulca uyardığımda, küstah bir şekilde cevap verdi. 'Sanırım beni o Drebber pisliğinin ölümüyle ilgili tutukluyorsunuz,' dedi. Ona bu konuda tek kelime etmemiş olmamıza bakacak olursak, böyle bir şey söyleyerek şüpheleri iyice üzerine çekmiş oldu."

"Evet," dedi Holmes.

"Annesinin Drebber'ı takip ettiği sırada elinde olduğundan bahsettiği sopa hâlâ elindeydi. Sağlam meşe odunundandı."

"Peki ya teorin nedir?"

"Benim teorime göre Drebber'ı Brixton Yolu'na kadar takip etti. Oraya vardıklarında aralarında bir ağız dalaşı oldu. Bu sırada Drebber karın boşluğuna bir sopa darbesi almış olabilir, bu da hiç işaret bırakmadan ölümüne neden oldu. Yağmur yağdığı için etrafta kimse yoktu ve Charpentier kurbanının cesedini boş eve taşıdı. Muma, kana, duvardaki yazıya ve yüzüğe gelince, hepsi polisi şaşırtmak için çevrilmiş hileler olabilir."

"Aferin!" dedi Holmes, cesaretlendiren bir tavırla. "Gerçekten, Gregson, çok iyi gidiyorsunuz. Sizde hâlâ ışık var."

"Başardığım için onur duyuyorum," diye cevapladı dedektif, gururla. "Genç adam ifade verdi ve Drebber'ı bir süre takip ettikten sonra adamın onu fark ettiğini söyledi. Onu atlatmak için atlı arabaya binmiş. Bay Charpentier evine dönerken donanmadan eski bir arkadaşıyla karşılaşıp onunla birlikte uzun bir yürüyüş yapmış. Arkadaşının nerede yaşadığını sorduğumda, tatmin edici bir cevap veremedi. Sanırım bütün olanlar birbiriyle olağanüstü bir şekilde uyuşuyor. Yanlış yolda giden Lestrade'ı düşününce zevkten dört köşe oluyorum. Korkarım pek bir şey başaramayacak. Tanrım, tam da lafının üstüne geldi."

Biz konuşurken Lestrade merdivenlerden çıkıp odaya girdi. Tavırlarından ve giysilerinden genelde eksik olmayan güven ve kaygısızlık uçup gitmişti. Sıkıntısı yüzünden okunuyordu. Giysileri ise özensiz ve pisti. Sherlock Holmes'ten akıl almak üzere gelmiş olmalıydı ki, meslektaşıyla karşılaştığında utanıp sıkılmış göründü. Odanın ortasında durdu, gergin bir şekilde şapkasıyla oynadı. Ne yapacağını bilmez haldeydi. "Bu alışılmışın dışında bir vaka," dedi en sonunda, "çok bulanık bir olay."

"Ah, öyle olduğunu mu düşünüyorsunuz, Bay Lestrade!" diye bağırdı Gregson, muzaffer bir tavırla. "Bu sonuca varacağınızı tahmin etmiştim. Sekreter olan Bay Joseph Stangerson'ı bulmayı başardınız mı?"

"Sekreter Bay Joseph Stangerson," dedi Lestrade, usulca, "Halliday's Oteli'nde, bu sabah altı sularında öldürülmüş."

7

KARANLIĞIN İÇİNDEKİ IŞIK

Lestrade'ın karşımıza çıkıp aktardığı bilgi öylesine ani ve beklenmedikti ki, üçümüzün de aklı allak bullak olmuştu. Gregson sandalyesinden fırlayıp viskiyle suyundan geri kalanı kafasına dikti. Dudaklarını sıkıp kaşlarını çatan Sherlock Holmes'e sessizce baktım.

"Stangerson da öldürüldü!" diye söylendi. "İşler iyice karıştı."

"Zaten yeterince karışıktı," diyerek homurdandı Lestrade, kendine bir sandalye çekerek. "Sanırım bir savaş meydanının ortasına düştüm."

"Bu... bu aktardığınız bilgiden emin misiniz?" diye kekeledi Gregson.

"Odasından geliyorum," dedi Lestrade. "Olanları ilk keşfeden ben oldum."

"Biz de Gregson'ın fikirlerini dinliyorduk," dedi Holmes. "Neler gördünüz, neler yaptınız, bize anlatır mısınız lütfen?"

"Hiç itiraz edecek değilim," diye cevapladı Lestrade, otururken. "Stangerson'ın Drebber'ın ölümüyle ilgisi olduğunu düşündüğümü özgürce itiraf edebilirim. Bu yeni gelişme bana tamamen yanıldığımı gösterdi. Zihnim onunla dolunca sekretere ne olduğunu öğrenmenin peşine düştüm. Üçünün akşamı, saat yaklaşık sekiz buçukken Euston İstasyonu'nda birlikte görülmüşler. Sabah ikide ise Drebber, Brixton Yolu'nda bulundu. Benim kafamı kurcalayan soru, Stangerson'ın saat 8.30 ila suçun işlendiği saat arasında ne yaptığı ve sonrasında başına neler geldiğiydi. Adamın bir tasviriyle birlikte, Amerikan gemilerinden de gözlerini ayırmamalarını tembihleyerek Liverpool'a bir telgraf yolladım. Sonra işe koyulup Euston yakınlarındaki bütün otelleri ve pansiyonları aradım. Drebber ile arkadaşının ayrılmaları durumunda arkadaşının yapması gereken şeyin, geceyi geçirmek için yakınlarda bir yerlerde konaklaması, sonra da ertesi sabah yeniden istasyonda gezinmesiydi."

"Öncesinde, buluşmak için bir yer kararlaştırmış olmalılar," dedi Holmes.

"Aynen öyle. Dün bütün akşam araştırmalar yaptım ama bir sonuç çıkmadı. Bu sabah işe çok erken koyulup saat sekizde, Little George Sokağı'ndaki Halliday's Oteli'ne vardım. Orada Bay Stangerson adında birinin yaşayıp yaşamadığını sorduğumda, hepsi bunu doğruladı.

" 'Beklediği beyefendi siz olmalısınız,' dediler. 'İki gündür birini bekliyordu.'

" 'Peki şimdi nerede?' diye sordum.

" 'Yukarıda, yatakta. Saat dokuzda uyandırılmak istedi.'

" 'Yukarı çıkıp ona bir bakacağım,' dedim.

"Aniden ortaya çıkarsam sinirlerinin bozulabileceğini ve patavatsızca konuşabileceğini düşündüm. Oteldeki ayakkabı boyacısı bana odaya giden yolu gösterdi; ikinci kattaydı ve küçük bir koridordan geçiliyordu. Adam bana kapıyı gösterdikten sonra tam geri dönüp aşağı inecekti ki, yirmi yıllık deneyimime rağmen midemi bulandıran bir şeyle karşılaştım. Kapının altından küçük, kırmızı bir kan çizgisi kıvrılarak koridor boyunca uzanmış, öteki taraftaki süpürgelikte küçük bir göle dönüşmüştü. Bağırınca adam geri döndü. Kan gölünü görünce bayılacak gibi oldu. Kapı içeriden kilitlenmişti ama omuzlayarak açtık. Pencere açıktı ve yanında ise pijamaları içinde kıvrılmış bir adamın cesedi duruyordu. Kesinlikle ölmüştü ve bir süredir oradaydı, çünkü bacakları kaskatı olmuş, buz kesmişti. Onu sırt üstü çevirince ayakkabı boyacısı hemen odayı Joseph Stangerson adıyla tutan adam olduğunu anladı. Ölüm nedeni, sol tarafındaki derin bıçak kesiğiydi ve bıçağın kalbine saplanmış olduğunu tahmin etmiştim. Şimdi ise olayın en tuhaf kısmı geliyor. Sizce öldürülen adamın üzerinde ne vardı?"

Tüylerim diken diken oldu ve daha Sherlock Holmes cevap vermeden, içime bir dehşetin yaklaştığı hissi doğdu.

"RACHE kelimesi kanlı harflerle yazılmıştı," dedi.

"Tam tahmin ettiğim gibi," dedi Lestrade, korku dolu bir sesle; hepimiz bir süre çıt çıkarmadık.

Bu bilinmeyen katilin vakalarında, işlediği cinayetlerin korkunçluğunu ortaya çıkaran çok yöntemli ve çok anlaşılmaz bir şeyler vardı. Bunu düşündükçe, savaş meydanında yeterince sağlam olan sinirlerim bozuldu.

"Adamı görmüşler," diye devam etti Lestrade. "Mandıraya giden bir sütçü, otelin arkasındaki ahırlara giden yolda yürüyormuş. Genelde hep orada duran bir merdivenin ikinci katın penceresine yaslandığını ve pencerenin de ardına kadar açık olduğunu görmüş. Oradan geçtikten sonra arkasına bakmış ve bir adamın merdivenden indiğini görmüş. Adam öyle sakin ve saklanmadan iniyormuş ki, sütçü onun otelde iş yapan bir marangoz ya da doğramacı olduğunu düşünmüş. İşe başlamak için erken bir saat olduğunu fark etmesi dışında, adamda gözüne çarpan başka bir şey olmamış. Adamın uzun boylu, kırmızı suratlı olduğunu, üzerinde uzun, kahverengimsi bir palto olduğunu hatırlıyor. Cinayetten sonra kısa bir süre daha odada kalmış olmalı, çünkü lavabonun içinde kanlı su bulduk; orada ellerini yıkamış. Bıçağını temizlediği çarşafta da lekeler vardı."

Katilin tasvirini duyunca Holmes'a baktım. Onun tasviriyle bu tamamen örtüşüyordu. Yine de yüzünde iftihar ya da memnuniyet namına herhangi bir iz yoktu.

"Odada, katilin kim olduğuna dair herhangi bir ipucu görmediniz mi?" diye sordu.

"Hiçbir şey görmedim. Drebber'ın cüzdanı Stangerson'ın cebinden çıktı ama ödemeleri hep o yaptığına göre bu çok normaldi. İçinde seksen küsur pound vardı ama hiçbirine dokunulmamıştı. Bu olağandışı suçların gerekçeleri her ne ise, hırsızlık bunlardan biri değil. Öldürülen adamın cebinde herhangi bir kâğıt ya da not yoktu, bir ay önce Cleveland'da yazılmış ve 'J. H. Avrupa'da' cümlesini içeren tek bir telgraf dışında. Mesaja eklenmiş bir isim yoktu."

"Başka hiçbir şey yok muydu?" diye sordu Holmes.

"Önemli bir şey yoktu. Uyumadan önce okuduğu romanı yatağın üzerindeydi ve piposu da yanındaki sandalyede duruyordu. Masada bir bardak su vardı ve pencere pervazında ise, içinde iki tane hapın bulunduğu küçük, pirinç bir merhem kutusu vardı."

Sherlock Holmes, bir neşe nidasıyla sandalyesinden fırladı.

"Son halka," diye bağırdı, sevinç içinde. "Benim için bu vaka çözülmüştür."

İki dedektif şaşkın gözlerle ona baktı.

"Arapsaçına dönen o iplikleri," dedi arkadaşım, kendinden emin bir şekilde, "artık çözdüm. Tabii ki doldurulması gereken ayrıntılar var, ama Drebber'ın istasyonda Stangerson'dan ayrılmasından tutun da, Stangerson'ın cesedinin bulunmasına kadar olan bütün önemli konulardan kendi gözlerimle görmüş kadar eminim. Size bildiklerimin bir delilini sunacağım. O hapları aldınız mı?"

"Aldım," dedi Lestrade, küçük, beyaz bir kutu çıkararak. "Onları, cüzdanı ve telgrafı, polis merkezinde güvenli bir yere koymak için aldım. İlaçları aldığım iyi olmuş, çünkü önemli olduklarını hiç düşünmemiştim."

"Verin onları," dedi Holmes. "Şimdi, Doktor," dedi bana dönerek, "bu haplar sıradan haplar mı?"

Kesinlikle değillerdi. İnciyi andıran gri bir renkleri vardı, küçüktüler, yuvarlaktılar ve ışığa tutunca neredeyse saydamdılar. "Hafifliklerinden ve saydamlıklarından, suda çözündüklerini tahmin ediyorum," dedim.

"Kesinlikle öyle," diye cevapladı Holmes. "Şimdi lütfen gidip bana uzun süreden beri sağlığı kötü olan ve dün ev sahibesinin acılarına son vermek istediği o zavallı, küçük, şeytansı teriyeri getirin."

Aşağı inip köpeği kollarımda yukarı taşıdım. Daralmış nefesi ve donuk gözleri, sona hiç de uzak olmadığının göstergesi gibiydi. Hatta kar beyazı burnu, alışıldık köpek ömrünün çoktan ötesine geçtiğini gösteriyordu. Köpeği halının üzerindeki mindere koydum.

"Şimdi bu haplardan birini ikiye böleceğim," dedi Holmes ve çakısını çıkarıp dediğini yaptı. "Yarısını daha sonra kullanmak üzere kutuya geri koyuyoruz. Yarısını ise, içinde bir çay kaşığı su bulunan şarap kadehine koyuyorum. Arkadaşımız Doktor'un haklı olduğunu ve suda hemencecik çözündüğünü göreceksiniz."

"Bu çok ilginç olabilir," dedi Lestrade, dalga geçildiğinden şüphelenen birinin incinmiş ses tonuyla. "Gerçi bunun Bay Joseph Stangerson'ın ölümüyle ne ilgisi olduğunu anlayamadım."

"Sabredin, dostum, biraz sabredin! Çok ilgisi olduğunu bir süre sonra anlayacaksınız. Şimdi karışımı lezzetli kılmak için biraz süt ekleyeceğim ve köpeğe verince hemencecik yalayıp yutacak."

Konuşurken şarap bardağının içindekileri çay tabağına döküp teriyerin önüne koydu. Köpek hızla tabaktakini içip bitirdi. Sherlock Holmes'ün ağırbaşlı tavrı karşısında hepimiz sessizce oturup dikkatle köpeği izleyerek şaşırtıcı bir etki göstermesini beklemeye başladık. Ama hiçbir şey olmadı. Köpek, minderin üzerinde yayılıp yatmaya, ağır aksak nefes almaya devam etti ama görünüşe göre hiçbir değişiklik yoktu.

Holmes saatini çıkardı. Dakikalar dakikaları kovalarken ortaya hiçbir sonuç çıkmayınca, yüzünde bir keder ve hayal kırıklığı ifadesi belirdi. Dudağını ısırdı, parmaklarını masaya vurdu ve diğer bütün sabırsızlık emarelerini gösterdi. Hissettikleri o kadar güçlüydü ki, onun için gerçekten üzüldüm. Bu sırada, Holmes'ün başına gelen aksaklıktan rahatsız olmuşa hiç benzemeyen diğer iki dedektif, alaycı bir şekilde gülümsüyordu.

"Bu bir tesadüf olamaz," dedi, en sonunda sandalyesinden fırlayıp odanın içinde volta atarak. "Bunun sıradan bir tesadüf olması imkânsız. Drebber vakasında şüphelendiğim haplar, Stangerson'ın ölümünden sonra bulundu. Ama etkisizler. Bu ne anlama geliyor? Kesinlikle bütün mantık zincirim hatalı olamaz. Bu imkânsız! Ama bu sefil köpek kötüleşmedi. Ah, buldum! Buldum!" Neşe içinde bağırdıktan sonra hızla kutuya yöneldi, diğer hapı da ikiye böldü, suda eritti, süt ekledi ve teriyere verdi. Talihsiz yaratık dilini tabağın içindekiyle daha yeni ıslatmıştı ki, üzerine yıldırım düşmüş gibi titreyip kaskatı kesildikten sonra ölüverdi.

Sherlock Holmes derin bir nefes alıp alnındaki teri sildi. "Daha inançlı olmalıydım," dedi. "Uzun tümdengelim zincirimle ters düşen bir olayın, başka bir bakış açısını beraberinde getirebileceğini şimdiye kadar kesinlikle öğrenmiş olmalıydım. Bu kutudaki iki haptan biri en ölümcül zehirdi, diğeri ise tamamen zararsızdı. Bunu daha kutuyu görür görmez anlamalıydım."

Bu son sözleri beni öylesine şaşırtmıştı ki, aklının başında olduğuna inanmam çok güçtü. Ama ölü köpek, tahminlerinin tuttuğunun bir kanıtıydı. Benim de zihnimdeki sis gittikçe dağılıyordu. Loş ve bulanık gerçekliği algılamaya başlıyordum.

"Bunlar size tuhaf geliyor," diye devam etti Holmes, "çünkü size sunulan en gerçek ipucunun önemini, soruşturmanın en başında ıskaladınız. Ben şanslıydım ve bunun farkına vardım. Sonrasında olan her şey, en baştaki tahminimin doğruluğunu kanıtladı ve bu tahminimin mantıklı dizilimi de bu şekildeydi. Bu yüzden aklınızı kurcalayan ve vakayı daha da karanlık bir hale getiren her şey, beni aydınlattı ve çıkarımlarımı güçlendirdi. Tuhaflıkla gizemi birbirine karıştırmak büyük hata. En basmakalıp suç, genelde en esrarengiz olandır, çünkü çıkarımlarınızı yapabileceğiniz yeni ya da farklı özellikler taşımaz. Kurbanın cesedi, vakayı fark edilir kılan hiçbir acayip ve heyecan uyandırıcı etken olmaksızın yolun ortasında bulunsaydı, bu cinayeti aydınlatmak çok daha zor olurdu. Vakayı zorlaştırmaktan çok uzak olan bu tuhaf ayrıntılar, aslında gerçekten her şeyi çok kolaylaştırdılar."

Konuşmayı büyük bir sabırla dinleyen Bay Gregson, artık kendini tutamadı. "Bakın, Bay Sherlock Holmes," dedi, "hepimiz sizin zeki bir adam olduğunuzu ve kendi çalışma yöntemlerinizin olduğunu biliyoruz. Şu anda teoriden ya da öğütten daha fazlasına ihtiyacımız var. Adamı yakalamakla uğraşmalıyız. Ben kendi fikirlerimi savunmuştum ama görünüşe göre yanılmışım. Genç Charpentier'nin ikinci cinayetle ilgisi olamaz. Lestrade, Stangerson'ın peşinden gitti ve görünüşe göre o da yanılmış. Her yerden ipucu çıkardınız ve bizden daha çok şey biliyor gibi görünüyorsunuz ama artık size bu konuda ne kadar çok şey bildiğinizi sormanın zamanı geldi. Cinayeti işleyen adamın kim olduğunu biliyor musunuz?"

"Gregson'ın haklı olduğunu hissediyorum, efendim," dedi Lestrade. "İkimiz de denedik ve ikimiz de çuvalladık. Ben odaya girdiğimden beri defalarca, ihtiyacınız olan bütün delilleri topladığınızı söylediniz. Artık bizimle paylaşacak mısınız?"

"Katili yakalamak için gecikirsek," dedim, "ona yeni bir vahşete imza atması için zaman tanımış oluruz."

Hepimiz üzerine gidince Holmes kararsızlık belirtileri gösterdi. Başını öne eğip odanın içinde volta atmaya devam etti. Düşünceli olduğunda hep yaptığı gibi kaşlarını çatmıştı.

"Artık cinayet işlenmeyecek," dedi en sonunda, aniden

durup bize bakarak. "Bu ihtimali devredışı bırakabilirsiniz. Bana katilin adını bilip bilmediğimi sormuştunuz. Biliyorum. Ama yalnızca adını bilmek, onu yakalamak kadar önemli değil. Bunu kısa süre içinde yapacağımızı düşünüyorum. Kendi planımla halledebileceğimizden umutluyum; ama konuya hassas bir şekilde eğilmemiz gerekiyor, çünkü uğraşacağımız adam, daha önce de kanıtladığım gibi, en az kendisi kadar zeki bir adam tarafından desteklenen kurnaz ve çaresiz biri. Bu adam, kimsenin bir ipucu bulduğunu öğrenmediği sürece onu ele geçirmenin bir yolu olabilir; ama azıcık bile şüphelendiyse, adını değiştirir ve anında bu kocaman şehrin dört milyonluk nüfusu içinde kaybolur. Duygularınızı incitmeden bu adamların kolluk kuvvetleri için fazla olduğunu ve yardımınızı bu yüzden istemediğimi söylemek durumundayım. Çuvallayacak olursam, bu ihmal yüzünden bütün şimşekleri üzerime çekeceğimin farkındayım; ama buna hazırım. Şimdilik kendi girişimlerimi tehlikeye atmadan sizinle iletişime geçebildiğim an, bunu yapacağıma dair söz veriyorum."

Gregson ve Lestrade, bu yemin ya da dedektif masasının küçümsenmesi karşısında pek mutlu olmuşa benzemiyorlardı. Gregson, lepiska saçlarının köklerine kadar kızarmışken, Lestrade'ın boncuk gözleri merak ve kinle parlıyordu. Kapı çalındığı sırada ikisi de henüz konuşmaya fırsat bulamamıştı. Sokak çocuklarının sözcüsü genç Wiggins, sönük ve kokuşmuş varlığını gözler önüne serdi.

"Buyurun, efendim," dedi, kâkülüne dokunarak, "araba aşağıda."

"Aferin sana," dedi Holmes, yumuşak bir sesle. "Neden bunları Scotland Yard'a sunmuyorsunuz?" diye devam etti, çekmeceden bir çift çelik kelepçe çıkararak. "Baksanıza, yay nasıl da güzel çalışıyor. Anında kapanıyorlar."

"Eski kelepçeler yeterince iyi," dedi Lestrade, "geriye o kelepçeyi takacağımız adamı bulmak kalıyor."

"Çok iyi, çok iyi," dedi Holmes, gülümseyerek. "Arabacı kutularımı taşımama yardımcı olabilir. Wiggins, ona yukarı çıkmasını söyle."

Arkadaşımın yolculuğa çıkacakmış gibi konuşması beni şaşırtmıştı, çünkü bana bu konuda hiçbir şey söylememişti. Odadaki küçük bavulu çekip kayışla bağlamaya başladı. Arabacı içeri girdiğinde Holmes bavuluyla meşguldü.

"Arabacı, şu kilidi kapatmama yardım ediver," dedi, işine doğru eğilip başını hiç çevirmeden.

Adam suratsız ve küstah bir tavırla gelip yardım etmek için ellerini uzattı. O sırada keskin bir tık sesi duyuldu. Ses, metal bir nesneden gelmişti. Sherlock Holmes yeniden ayağa kalktı.

"Beyler," dedi, parlayan gözlerle, "size Bay Jefferson Hope'u takdim edeyim. Enoch Drebber'ın ve Joseph Stangerson'ın katili."

Her şey bir anda olmuştu; öylesine hızlı gelişmişti ki, farkına varacak zamanım olmamıştı. O ânı, Holmes'ün yüzündeki vakur ifadeyi, ses tonunu, arabacının şaşkınlığını, vahşi yüzünü, sanki bileklerine sihirli bir şekilde takılan parlak kelepçelere nasıl baktığını çok net hatırlıyorum. Bir-iki saniyeliğine heykel gibi kaskatı kesilmiştik. Sonra yakalanan adam, öfkeyle bağırarak Holmes'ün elinden kurtulup pencereye doğru koştu. Camın içinden geçmeye kalkıştı; ama atlamasına fırsat kalmadan Gregson, Lestrade ve Holmes üzerine av köpeği gibi atılıp odanın içine geri çektiler. Sonrasında korkunç bir boğuşma başladı. Adam öylesine güçlü ve kızgındı ki, dördümüzü de defalarca silkeledi. Sara nöbeti geçiren bir adam kadar sarsıcı bir güce sahipti. Camdan geçerken yüzü ve elleri korkunç derecede ezilmişti ama kan kaybının, direncini düşürmede hiçbir etkisi olmamıştı. En sonunda Lestrade elini adamın kravatına geçirip boğmaya çalışınca, karşı koymasının anlamsız olduğunu fark etti; ama öyle olduğunda bile ayaklarını ve ellerini bağlayana kadar kendimizi güvende hissedemedik. İşimiz bitince nefes nefese ayağa kalktık.

"Arabası bizde," dedi Sherlock Holmes. "Onu Scotland Yard'a götürmek için arabayı kullanabiliriz. Şimdi de, beyler," diye devam etti, yüzünde mutlu bir gülümsemeyle, "küçük sırrımızın sonuna vardık. Artık bana istediğiniz soruyu sorabilirsiniz, cevaplamayı reddetme ihtimalim yok."

İKİNCİ KISIM

Azizler Ülkesi

1

UÇSUZ BUCAKSIZ ALKALİ OVASINDA

Uçsuz bucaksız Kuzey Amerika Kıtası'nın merkezinde, uzun yıllar medeniyetin ilerlemesi karşısında bir engel teşkil etmiş olan kurak ve soğuk bir çöl vardır. Sierra Nevada'dan Nebraska'ya ve kuzeyde Yellowstone Nehri'nden güneyde Colorado'ya kadar uzanan bu çöl, yalnızlığın ve sessizliğin başkenti gibidir. Doğa da bu suratsız bölgede tek bir surette görünmez. Dorukları karlı, yüce dağlara, karanlık ve kasvetli vadilere ev sahipliği yapar. Sarp kanyonların arasından hızla akan nehirleri vardır ve uçsuz bucaksız ovaları kışın kardan beyaza, yazın ise tuzlu alkali tozu yüzünden griye bürünür. Yine de hepsi çoraklığın, mesafeli olmanın ve sefaletin ortak özelliklerini korur.

Bu çaresizlik topraklarında kimse yaşamaz. Bazen Pawnee ya da Karaayak kabileleri, yeni av alanları ararken buradan geçseler de en güçlüleri bile bu engin ovalardan kurtulup kendilerini çayırlarında bulduklarında neşeye boğulurlar. Çakallar çalıların arasında dolanır, şahinler gökyüzünde ağır ağır kanat çırpar ve hantal boz ayılar karanlık yarıklarda uyuklar ve kayaların arasındaki yiyeceklerle geçinir. İşte bunlar, o yaban toprakların tek sakinleridir.

Dünyanın hiçbir yerinde, Sierra Blanco'nun kuzey bayırındaki manzaradan daha üzücüsü yoktur. Alkali tozuyla yamalanmış ve bodur çalı kümeleriyle bölünmüş bu uçsuz bucaksız düz ova, gözün görebildiği en uzak yere kadar uzanır. Ufkun en üst sınırında, dağ zirvelerinden oluşan uzun bir zincir bulunur ve zirvelerin hepsi karla kaplıdır. Ülkenin bu kocaman bölümünde ne bir hayat belirtisi ne de hayata dair bir şey vardır. Ne çelik mavisi gökyüzünde bir kuş uçar ne de donuk gri toprakta hareket vardır. Yalnızca mutlak sessizlik hüküm sürer. Kulak kesildiğinizde o görkemli yabanda hiç ses olmadığını fark edersiniz. Sessizlik dışında hiçbir şey yoktur; mutlak ve kalbi ezen bir sessizlik.

Bu geniş ovada hayata dair hiçbir şey olmadığı söylenir. Bu çok da doğru sayılmaz. Sierra Blanco'dan bakıldığında çölün ortasındaki yol, kıvrılarak ilerledikten sonra gözden kaybolur. Üzerinde tekerlek ve birçok maceracıya ait ayak izleri olur. Bazen güneşte parlayan ve donuk alkali tortusuna karşı koyan beyaz nesneler göze çarpar. Yaklaşıp onları inceleyin! Onlar kemiktir; bazıları büyük ve sert, bazıları ise daha küçük ve daha hassastır. Sert olanlar sığırlara, hassas olanlar ise insanlara aittir. İnsan iki bin beş yüz kilometre boyunca yolda ölenlerden kalan, dört bir yana saçılmış kemikleri takip ederek korku salan kervan yolunu takip edebilir.

Dört Mayıs bin sekiz yüz kırk yedi yılında yalnız gezen bir gezgin, durup bu manzarayı izliyordu. Görüntüsü, o bölgenin koruyucu meleği ya da şeytanı olduğu izlenimi veriyordu. Bir gözlemci, adamın kırklarına mı, yoksa altmışlarına mı yakın olduğunu söylemekte zorlanabilirdi. Yüzü ince ve hırpaniydi, kahverengi parşömen kâğıdını andıran derisi, çıkık kemiklerinin üzerine sıkı sıkı gerilmişti; uzun, kahverengi saçları ve kırlaşmış sakalları vardı; gözleri çöküktü ve garip bir ışıkla parlıyordu; tüfeğini tutan eli ise bir iskeletinkinden farksızdı. Ayakta dikilirken destek almak için silahına yaslansa da, kemiklerinin uzun ve güçlü görüntüsü ince ve dayanıklı oldukları izlenimini veriyordu. Sıska suratı, pörsümüş kol ve bacaklarına bol gelmiş giysileri, ona bu halsiz ve çökmüş görüntüyü verenin ne olduğunu açık ediyordu. Adam açlıktan ve susuzluktan ölüyordu.

Etrafta su olduğuna dair bir işaret görme umuduyla acı dolu bir yolculuk yaparak vadiye inmiş, sonrasında ise bu ufak tepeye çıkmıştı. Uçsuz bucaksız tuzlu ova ve nemin varlığına işaret edecek tek bir bitki ya da ağaç barındırmayan uzak, vahşi dağlar artık gözlerinin önünde uzanıyordu. Tüm bu geniş manzaranın içinde hiç umut ışığı yoktu. Vahşi, meraklı gözlerle kuzeye, doğuya ve batıya baktıktan sonra gezisinin artık sona erdiğini ve çorak uçurumun kenarında ölmek üzere olduğunu fark etti. "Neden yirmi yıl önce, kuş tüyü bir yatakta olacağına burada olmasın," diye mırıldandı, bir kayanın sığınağına otururken.

Oturmadan önce, hiçbir işe yaramayan tüfeğini ve sağ omzundaki, gri bir bezle bağlanmış kocaman çıkınını yere bıraktı. Taşıyamayacağı kadar ağır gelmiş olacak ki, yere koyarken elinden biraz sert bir şekilde kurtuluverdi. Kurtulmasıyla da gri çıkının içinden küçük bir sızlanma duyuldu ve pasparlak kahverengi gözleri, iki küçük çilli yumruğu olan minicik, korkmuş bir yüz belirdi.

"Canımı acıttın!" dedi çocuksu bir ses, öfke içinde.

"Ben," diye cevapladı adam pişmanlıkla, "bilerek yapmadım." Konuşurken bir yandan da gri bezi açıp içindeki, sevimli ayakkabılar giymiş, üzerine anne şefkatiyle keten önlüklü, pembe bir elbise giydirilmiş, beş yaşlarındaki sevimli küçük kızı çıkardı. Çocuğun beti benzi atmıştı ama sağlıklı kol ve bacakları, arkadaşından daha az acı çektiğini gösteriyordu.

"Şimdi nasıl?" diye sordu endişe içinde, çünkü küçük kız hâlâ başının arka tarafını kaplayan altın renkli, darmadağın olmuş bukleleri ovuşturuyordu.

"Öp de geçsin," dedi tatlı dille, yaralanan kısmı adama doğru uzatırken. "Annem öyle yapardı. Annem nerede?"

"Annen gitti. Sanırım onu kısa bir süre sonra görürsün."

"Gitmişmiş!" dedi küçük kız. "Çok tuhaf, benimle vedalaşmadı ki; teyzeme çay içmeye gittiğinde bile benimle vedalaşır, oysa şimdi üç gündür yok. Baksana, sence de burası aşırı sıcak değil mi? Su da yok, yiyecek bir şey de, değil mi?"

"Hayır, hiçbir şey yok, tatlım. Bir süre sabırlı olman gerek, sonra her şey yoluna girecek. Kafanı böyle bana doğru yaslarsan kendini daha güçlü hissedersin. Dudakların kuruduğunda konuşmak hiç kolay olmaz ama deneyeceğim. Elinde ne var?"

"Çok güzel şeyler! Müthiş şeyler!" diye bağırdı küçük kız, coşku içinde, iki parlak mika parçasını uzatarak. "Eve döndüğümüzde bunları kardeşim Bob'a vereceğim."

"Yakında onlardan daha güzellerini göreceksin," dedi adam, emin bir şekilde. "Sadece biraz beklemen gerek. Sana söyleyecektim gerçi, nehirden ayrıldığımızı hatırlıyor musun?"

"Ah, evet."

"İşte, kısa süre sonra başka bir nehre varacağımızı düşündük. Ama bir şeyler yolunda gitmedi; pusula ya da harita ya da başka bir şey yanlış hesap yaptı. Suyumuz bitti. Sadece birkaç damla kaldı, senin için ve... ve..."

"Ve yıkanamadın," diyerek söze karıştı arkadaşı, usulca, kirli yüzüne bakarak.

"Hayır, içemedim de. Bay Bender, ilk o öldü. Ardından Kızılderili Pete ve Bayan McGregor ve Johnny Hones ve tabii ki, tatlım, annen de."

"O zaman annem de öldü," dedi küçük kız ve yüzünü önlüğüne bastırarak acı acı ağlamaya başladı.

"Evet, ikimiz dışında kimse kalmadı. Ben de bu tarafta belki su buluruz diye düşündüğüm için seni omzuma aldım ve birlikte yürümeye başladık. Ama sanırım pek de iyi etmedik. Artık bizim için umut tükenmek üzere!"

"Yani bizim de mi öleceğimizi söylemek istiyorsun?" diye sordu çocuk, hıçkırıklarına bir ara verip yaşlarla dolu yüzünü kaldırarak.

"Galiba aynen öyle."

"Bunu neden daha önce söylemedin?" dedi kız, neşe içinde gülerek. "Beni çok korkuttun. Ölürsek yeniden annemle olabiliriz."

"Evet, olacaksın, tatlım."

"Sen de olacaksın. Bana ne kadar iyi davrandığını ona anlatacağım. Eminim bizi cennetin kapısında, elinde su dolu kocaman bir sürahiyle, Bob ile benim sevdiğim gibi her iki tarafı da kızartılmış, sıcacık, karabuğday kekiyle karşılayacaktır. Ne kadar sürer?"

"Bilmiyorum, çok uzun sürmez." Adam kuzeye doğru bakıyordu ve gözlerini ufka dikmişti. Gökyüzünün mavisinde sürekli büyüyen üç küçük nokta belirip hızla ilerlemişti. Çabucak üç kocaman kahverengi kuşa dönüştüler ve iki gezginin başlarının üzerinde daireler çizdikten sonra onlara doğru bakan kayaların üzerine kuruldular. Onlar, gelişleri ölümün habercisi, batının akbabaları olan şahinlerdi.

"Horozlar ve tavuklar," diye bağırdı küçük kız, neşeyle, uğursuz varlıklarını işaret edip uçmaları için ellerini çarparak. "Baksana, bu ülkeyi Tanrı mı yarattı?"

"Tabii ki o yarattı," dedi arkadaşı, beklenmedik bu soru karşısında şaşırarak.

"Illinois'u da o yarattı, Missouri'yi de," diye devam etti küçük kız. "Bence ülkenin bu kısımlarını başka biri yaratmış. Pek de becerememiş. Suyu ve ağaçları unutmuşlar."

"Dua etmeye ne dersin?" diye sordu adam, sıkılgan bir ifadeyle.

"Daha gece olmadı ki," diye cevap verdi kız.

"Bunun bir önemi yok. Çok alışıldık olmasa da Tanrı bunu umursamayacaktır, emin ol. Ovadayken, vagonda her gece ettiğin duaları et."

"Sen neden etmiyorsun?" diye sordu çocuk, meraklı gözlerle.

"Hatırlayamıyorum," diye cevapladı. "Boyum şu silahın yarısı kadar olduğundan beri hiç dua etmedim. Bence hiçbir zaman çok geç değildir. Sen duaları sesli söyle, ben de dinleyip tekrar edeyim."

"O zaman ikimizin de diz çökmesi gerek," dedi küçük kız, bezi yere sererek. "Ellerini bu şekilde kaldırmalısın. Seni iyi hissettirecek."

Orada akbabalar dışında birileri olsaydı, izlemesi çok tuhaf olurdu. Biri saf ve küçük bir kız, diğeri pervasız, sert bir maceracı olan iki gezgin, daracık bezin üzerinde yan yana çömelmişti. Kızın tombul, adamın ise bitkin, sivri suratı, karşı karşıya oldukları o korkunç varlığa kalpten yakarmak üzere bulutsuz gökyüzüne çevrilmişti. İki ses –biri ince ve berrak, diğeri derin ve kaba– merhamet ve af dilemek için birleşti. Dua bittikten sonra kayanın gölgesindeki yerlerine geri dönüp oturdular. Ta ki çocuk, koruyucusunun geniş göğsüne kıvrılıp uyuyakalana kadar. Adam bir süre kızın uyumasını izledi ama doğa ondan güçlüydü. Üç gün üç gecedir dinlenmek neydi, unutmuştu. Göz kapakları yorgun gözlerini yavaşça örttü ve kafası göğsüne doğru gittikçe düştü, ta ki kırlaşmış sakalları arkadaşının altın bukleleriyle iç içe geçene kadar. İkisi de derin ve rüyasız bir uykuya dalmıştı.

Gezgin, yarım saat daha uyanık kalsaydı, tuhaf bir manzarayla karşılaşacaktı. Alkali ovasının uzaklarından küçük bir toz kümesi önce çok yavaş ve sislerin arasından ayırt edilemeyecek şekilde kalktı, sonra gittikçe yükselip genişleyerek sert, belirgin bir buluta dönüştü. Bu toz bulutu büyümeye devam etti, buna ancak hareket halindeki çok sayıda canlının neden olabileceği açıktı. Gözlem yapan biri, daha verimli bir yerden bakarak, çayırlarda otlayan kocaman bizon sürülerinden birinin ona doğru yaklaştığını düşünebilirdi. Bu, kurak yabanlarda imkânsız bir durumdu. Toz kütlesi, iki gezginin dinlendiği tek kayaya doğru yaklaştıkça çadır beziyle kaplı vagonlar, silahlı adamlar ve atlılar sisin içinde görünmeye başladı. En sonunda ise bunun batıya yolculuk eden kocaman bir kervan olduğu ortaya çıktı. Ne kervandı ama! Başı dağlara ulaştığında ucu ufukta hâlâ görünmüyordu. Koca ovanın hemen karşısında başıboş ordu, vagonlar, at arabaları, at sırtında ve yayan giden adamlar vardı. Sayısız kadın taşıdıkları yüklerin altında yalpalıyor, çocuklar vagonların yanında sendeliyor ya da beyaz örtülerin altından görünüyordu. Bu insanlar sıradan bir göçmen grubu değil, yaşadıkları baskıdan kurtulup kendilerine yeni topraklar aramak zorunda kalmış göçebelerdi. Temiz havanın içinde, bu büyük insan kitlesinin tıkırtıları ve homurtuları, tekerleklerin çıtırtısı ve atların kişnemeleriyle birlikte yükseldi. Gürültü çok yüksek olmasına rağmen, iki yorgun yolcuyu uyandırmaya yetmedi.

Grubun başında yirmi kadar sert yüzlü adamın üzerinde koyu renkli, sade giysiler vardı ve silahlıydılar. Kayanın dibine vardıklarında durup aralarında kısa bir fikir teatisinde bulundular.

"Kuyular sağ tarafta, kardeşlerim," dedi, kalın dudaklı, tıraşlı, kır saçlı adam.

"Sierra Blanco'nun sağına doğru ilerleyelim. Rio Grande'ye varmamız gerek," dedi diğeri.

"Su için korkmayın," diye bağırdı üçüncüsü. "Kayalardan su çıkaran Tanrı, kendi seçilmiş insanlarını terk etmez."

"Amin! Amin!" diye cevap verdi bütün grup.

Tam yolculuklarına kaldıkları yerden devam edeceklerdi ki, içlerinden en genç ve en keskin gözlü olanı bağırıp üstlerindeki sarp kayalığı işaret etti. Kayalığın tepesinden görünen bir tutam pembelik, arkadaki gri kayaların önünde pasparlak belirmişti. Bunu görünce herkes atını dizginledi ve silahını çekti. Bu sırada öncü kuvvetlere takviye olarak arkadan yeni atlılar geldi. "Kızılderililer" kelimesi herkesin ağzındaydı.

"Burada Kızılderili olamaz," dedi, liderleri gibi görünen

en yaşlıları. "Pawneeleri atlattık ve yüce dağları geçene kadar başka kabile yok."

"Ben gidip bakayım, mı Kardeş Stangerson?" diye sordu gruptan biri.

"Ben de!", "Ben de!" diye bağırdı onlarca ses.

"Atlarınızı aşağıda bırakın, sizi burada bekleyeceğiz," diye cevapladı yaşlı adam. Hemen sonra genç olanlar atlarından inip onları bağladıktan sonra meraklarını celbeden pembeliğe doğru çıkan sarp yokuşu tırmanmaya başladılar. Hızlı ve sessiz bir şekilde, izcilik deneyimlerinin verdiği kendine güven ve hünerle ilerliyorlardı. Aşağıdaki ovadan onları izleyenler, kayadan kayaya atladıklarını görüyorlardı. En sonunda gökyüzü çizgisinde yükseldiler. Onları ilk uyaran genç adam önden gidiyordu. Takipçileri aniden, sanki hayrete düşmüş gibi ellerini kaldırdığını fark ettiler. Soluğu yanında aldıklarında, gördükleri karşısında aynı tepkiyi verdiler.

Çorak tepeyi taçlandıran bu küçük ovada tek ve devasa bir kaya vardı. Kayanın karşısında ise uzun boylu, uzun sakallı ve yüz hatları sert ama aynı zamanda epey ince bir adam uzanmıştı. Sakin yüzü ve düzenli nefes alıp verişinden derin uykuda olduğu anlaşılıyordu. Yanında ise kahverengi, güçlü boynuna tombul, beyaz kollarıyla sarılmış küçük bir kız vardı. Altın renkli saçları adamın göğsünde, kadife gömleğinin üzerindeydi. Aralık duran pembe dudaklarından düzgün, kar beyazı dişleri görünüyor, çocuksu yüz hatlarında oyuncu bir gülümseme seçiliyordu. Beyaz çoraplar ve parlak tokalı temiz ayakkabılarla sonlanan şişman, küçük bacakları, arkadaşının pörsümüş, uzun kol ve bacaklarıyla ters düşüyordu. Bu tuhaf çiftin üzerindeki kayanın çıkıntısında üç azametli şahin duruyordu. Yeni gelenleri gördüklerinde hayal kırıklığı içinde gürültülü çığlıklar atıp somurtarak kanatlandılar.

Pis kuşların çığlıklarıyla uyanan iki uykucu, şaşkınlık içinde onlara baktı. Adam sendeleyerek ayağa kalktıktan sonra uyku bastırdığında bomboşken, şimdi bir sürü insanla hayvanın istilasına uğramış olan ovaya baktı. Yüzünde kuşku vardı. Kemikli elini gözlerine siper etti. "Sanırım bilinç kaybı diye buna diyorlar," diye mırıldandı. Çocuk yanında durmuş, adamın ceketinin eteğini tutuyor, hiçbir şey söylemeden çocukluğun verdiği meraklı gözlerle etrafına bakıyordu.

Kurtarma grubu, bu iki gezgini tüm bu gördüklerinin bir hayalden ibaret olmadığına hemen ikna etti. İçlerinden biri küçük kızı yakalayıp omzuna alırken, diğer ikisi zayıf arkadaşına destek olup vagonlara doğru yürümesine yardım etti.

"Adım John Ferrier," diye açıkladı gezgin. "Yirmi bir kişiden geriye yalnızca ben ve bu küçük kız kaldı. Geri kalanımız güneyde açlık ve susuzluktan öldü."

"O senin çocuğun mu?" diye sordu biri.

"Sanırım artık öyle," dedi adam, küstahça. "Benim, çünkü onu ben kurtardım. Onu kimse benden alamaz. Bugünden itibaren adı Lucy Ferrier. Siz kimsiniz?" diye devam etti merak içinde cesur, güneşte yanmış kurtarıcılara bakarak. "Epey güçlü bir gruba benziyorsunuz."

"On bin kadarız," dedi genç adamlardan biri, "biz Tanrı'nın ezilmiş çocuklarıyız; Melek Merona'nın seçilmişleriyiz."

"Hiç duymamıştım," dedi gezgin. "Epey kalabalık bir grup seçmişe benziyor."

"Kutsala dil uzatma," dedi diğeri, sert bir dille. "Biz Palmira'da, yüce Joseph Smith'e işlenmiş altın tabaklar içinde sunulan, Mısır alfabesiyle çizilmiş kutsal yazılara inanırız. Biz Illinois Eyaleti'ndeki Nauvoo'dan geldik ve tapınağımızı orada kurduk. Burası çölün ortası bile olsa, vahşi ve tanrısız insanlardan kaçıp bir sığınak bulmak üzere geldik."

Nauvoo adı, John Ferrier'e bir şeyleri hatırlatmış gibiydi. "Anladım," dedi, "siz Mormonsunuz."

"Biz Mormonuz," diye cevapladılar, hep bir ağızdan.

"Peki nereye gidiyorsunuz?"

"Bilmiyoruz. Tanrı'nın eli, peygamberimiz vasıtasıyla yol gösteriyor. Onun karşısına çıkmalısın. Sana ne yapmamız gerektiğini o söyleyecektir."

O sırada tepenin en altına ulaşmışlar, kalabalık bir seyyah grubuyla –solgun yüzlü, uysal bakışlı kadınlar, bağırarak gülen çocuklar ve endişe içindeki ciddi görünümlü adamlar– çevrelenmişlerdi. Bu iki yabancıdan birinin ne kadar küçük, diğerinin ise ne kadar fakir olduğunu gördüklerinde, şaşkınlık ve merhamet içinde bağırmaya başladılar. İlerlemeye devam ederlerken arkalarından kocaman bir grup Mormon daha geldi ve büyük boyutu, süslülüğü ve zarafetiyle ilgi çeken bir arabaya doğru ilerlediler. Diğerleri için ikişer ya da en fazla dört at yeterli gelirken, bu arabayı altı at çekiyordu. Sürücünün yanında otuz yaşından fazla göstermeyen ama kararlı ifadesinden liderleri olduğu anlaşılan bir adam oturuyordu. Kahverengi kaplı bir kitap okuyordu ama kalabalık yaklaşınca kitabı kenara kaldırıp dikkatli bir şekilde olan biteni dinledi. Sonra iki gezgine döndü.

"Sizi yanımızda götürmek," dedi, ciddi bir ifadeyle, "yalnızca inancımızı paylaşırsanız mümkün olur. Sürümüzde kurtlara yer yok. Zaman içinde bütün meyveyi saran o küçük çürüklerden olmaktansa, kemiklerinizin bu yabanda beyazlaması daha iyidir. Bu şartlar altında bizimle gelecek misiniz?"

"Sanırım, ne olursa olsun sizinle geleceğim," dedi Ferrier, ciddi görünümlü yaşlıların gülümsemelerine engel olamayacakları bir ifadeyle. Yalnızca lider sert ve etkileyici ifadesini korudu.

"Onu alın, Kardeş Stangerson," dedi. "Yiyecek ve içecek verin, çocuğa da öyle. Görevlerinden biri de ona kutsal inancımızı öğretmek olsun. Yeterince geç kaldık. İleri! Zion'a doğru!"

"Zion'a doğru!" diye bağırdı Mormon kalabalığı. Sözcükler kervan boyunca yankılandı, ağızdan ağza yayılıp uzaklarda bir fısıltı olarak dindi. Kırbacın gürültüsü ve harekete geçen koca arabaların tekerlek sesleri yankılandı ve hemen sonrasında bütün kervan yeniden yola koyuldu. İki sahipsizin bakımının emanet edildiği yaşlı adam, onları yemeğin beklediği arabaya götürdü.

"Sizin burada kalmanız gerekiyor," dedi. "Birkaç gün içinde yorgunluğunuz geçer. Bu sırada artık sonsuza dek bizim dinimize bağlı olduğunuzu unutmayın. Bunu Brigham Young söyledi ve Tanrı'nın sesi olan Joseph Smith'in sesiyle konuştu."

2

UTAH'IN GÖZ BEBEĞİ

Burası, son sığınaklarına gelmeden önce göçmen Mormonların çilelerini ve sıkıntılarını anmanın yeri değildi. Mississippi kıyılarından Rocky Dağları'nın batı yamaçlarına kadar, tarihte eşi görülmemiş bir sadakatle mücadele etmişlerdi. Vahşi insanların, vahşi hayvanların, açlığın, susuzluğun, yorgunluğun ve hastalığın –doğanın yollarına çıkarabileceği her türlü engelin– üstesinden Anglosakson azmiyle gelmişlerdi. Ama uzun yolculuk ve biriken korkular, en dayanıklılarını bile tüketmişti. Güneş ışığıyla yıkanmış geniş Utah vadisini ayaklarının altında bulduklarında ve liderlerinin kendi ağzından burasının söz verilmiş topraklar olduğunu, artık bu bakir arazilerin onların olduğunu duyunca hepsi içten bir dua etmek için diz çökmüştü.

Young, yiğit bir lider olduğu kadar yetenekli de bir yönetici olduğunu hemen kanıtlamıştı. Gelecekteki şehirlerinin taslağını gösteren haritalar çizilmiş, çizelgeler hazırlanmıştı. Herkesin ayakta kalabilmesi için çiftlikler aralarında paylaştırılmıştı. Tüccarlar da zanaatkârlar da mesleklerini icra etmeye koyulmuşlardı. Şehrin içindeki sokaklar ve meydanlar sanki birdenbire ortaya çıkmıştı. Ülke temizlendi, kuşatıldı, ekildi, biçildi ve ertesi yaz her yer buğday ekinleriyle altın rengine boyandı. Her şey tuhaf bir şekilde yerli yerine oturmuştu. En önemlisi de, şehrin göbeğine diktikleri kocaman tapınak gittikçe yükselip genişledi. Şafağın ilk ışıklarından alacakaranlığın son anına kadar çekiç ve testere sesleri, göçmenlerin kendilerini birçok tehlikenin içinden sağ salim ülkeye getiren liderleri için, O'nun için inşa ettikleri anıttan eksik olmuyordu.

Onların kaderine ortak olan iki gezgin John Ferrier ve küçük kız, Mormonlara kutsal yolculuklarının sonuna kadar eşlik etmişlerdi. Küçük Lucy Ferrier, yaşlı Stangerson'ın arabasında mutlu mesut taşınmıştı. Bu, onun için Mormon'un üç karısı ve on bir yaşındaki inatçı oğluyla paylaştığı bir dinlence olmuştu. Toparlandıktan sonra, çocukluğun da verdiği esneklikle, annesinin ölümünün yarattığı şoktan sıyrılıp kadınlarla samimiyet kurmuş, çadır bezli seyyar evindeki yeni hayatına ısınmıştı. Bu sırada kendini toparlayan Ferrier, ihtiyaç duyulan bir rehber ve yorulmak bilmez bir avcı olarak kendini kabul ettirmeyi başarmıştı. Yeni arkadaşlarının saygısını öylesine hızlı bir şekilde kazanmıştı ki, yolculuklarının sonuna ulaştıklarında, Young ve sözü geçen dört isim; Stangerson, Kemball, Johnston ve Drebber dışında kalan yerleşimcilerle aynı derecede büyük ve verimli bir toprak parçasına sahip olması herkesçe onaylanmıştı.

John Ferrier, artık kendisine ait olan çiftliğe dayanıklı bir kütük ev inşa etmişti. Ev, yıllar içinde yapılan eklemelerle öylesine büyümüştü ki, ferah bir villaya dönüşmüştü. O, pratik zekâlı bir adamdı. İşinde başarılıydı ve elinden her iş de geliyordu. Güçlü yaratılışı sayesinde, arazisini güzelleştirip toprağı sürmek için sabah akşam çalışmasına olanak sağlıyordu. Çiftliği bu şekilde ortaya çıkmıştı ve ona ait olan her şey gittikçe zenginleşiyordu. Üç yıl içinde durumu komşularından iyi bir hale geldi, altı yılda ise varlıklı bir adam oldu, dokuz sene sonunda zengindi ve on ikinci senesinde Salt Lake City'de onunla kıyaslanacak yarım düzine adam bile yoktu. Büyük iç denizden, uzak Wahsatch Dağları'na kadar, John Ferrier'den daha çok tanınan hiçbir isim yoktu.

Aynı dini paylaştığı insanların hassaslığını yalnızca bir konuda zedelemişti. Bütün çabalara rağmen, bir kadınla ilişki kurmaya ikna olmamıştı. Bu ısrarcı reddedişinin açıklamasını hiçbir zaman yapmasa da, bu kararına körü körüne bağlı kalmak onu mutlu ediyordu. Bazıları, onu sonradan kabul ettiği dinine kayıtsız kalmakla suçluyor, bazıları ise para hırsına ve harcamaktan korkmasına bağlıyordu. Bazıları ise Atlantik kıyılarında onun hasretini çeken sarışın bir kızla yaşadığı aşk hikâyesinden bahsediyordu. Nedeni her ne olursa olsun, Ferrier kesinlikle bekâr kalmıştı. Diğer bütün konularda, bu genç yerleşim yerinin ait olduğu dinin bütün gerekliliklerini yerine getirmiş, doğru bildiğinden şaşmamıştı.

Lucy Ferrier, kütük evin içinde büyüyüp babasına bütün girişimlerinde destek oldu. Dağların keskin havası ve çam ağaçlarının mis kokusu, genç kız için bir dadının ve annenin yerini almıştı. Yıllar geçtikçe serpilmiş, güçlenmişti. Yanakları artık daha pembe, adımları daha esnekti. Ferrier'nin çiftliğinin önündeki yoldan geçen birçok gezgin, Lucy'nin küçük siluetini buğday tarlalarında gezinirken ya da babasının yabani atını, gerçek bir Batılı çocuk edasıyla sürerken gördüklerinde uzun süre önce unuttukları anıları hatırlıyorlardı. Küçük kız böylelikle kozasından çıkmıştı ve babasının çiftçilerin en zengini olmasıyla, Pasifik yamaçlarında bulunabilecek en güzel Amerikan genç kızlık çağını yaşamıştı.

Gerçi onun artık bir kadın olduğunu ilk keşfeden babası değildi. Genelde de böyle olmazdı zaten. Bu esrarengiz değişim, tarihlerle ölçülemeyecek kadar gizli ve yavaş gerçekleşmişti. Bu güzel bakirenin kendisi de, ancak bir ses tonu ya da bir elin dokunuşu kalbini yerinden çıkaracak kadar çarptığında, içinde daha büyük bir doğanın uyandığını fark etti. O günü hatırlayamayan ve yeni bir hayatın şafağını müjdeleyen o küçük olayın yaşandığı günü anımsamayan çok azdır. Lucy Ferrier'nin durumu ise, gelecekte kendi ve yanındakilerin kaderini nasıl etkileyeceği açısından başlı başına ciddiydi.

Sıcak bir haziran sabahıydı ve Son Zaman Azizleri, kovanlarını simge olarak seçtikleri arılar kadar meşgullerdi. İnsan sanayisinin vızıltısı, tarlaları ve sokakları dolduruyordu. Kaliforniya'da altın arayışının hızla artması ve Pasifik tren yolunun Seçilmişler Şehri'nin ortasından geçmesi nedeniyle batıya doğru yol alan ağır yüklü katırlar, tozlu yollarda uzun bir konvoy oluşturmuştu. Ücra bölgelerdeki otlaklardan gelen koyun ve öküz sürüleri, yorgun göçmenlerle dolup taşan trenler, bitmek bilmez yolculuktan yorgun düşmüş insanlar ve atlar da bu konvoyun birer parçasıydılar. Hünerli bir binici yeteneğiyle yol alan tüm bu karmaşık topluluğun içinde Lucy Ferrier de vardı. Güzel yüzü, ata binmenin yorgunluğuyla kızarmıştı ve uzun, kestane rengi saçları arkasından uçuşuyordu. Babası ona şehirde bir görev vermişti ve gençliğinin verdiği korkusuzlukla, her zaman yaptığı gibi dörtnala ilerliyordu. Aklında görevinden ve bu görevi nasıl yerine getirmesi gerektiğinden başka hiçbir şey yoktu. Üstleri pislik içinde kalan maceracılar, ardından şaşkın gözlerle bakıyorlardı. Deri giysileri içindeki Kızılderililer bile bu solgun yüzlü bakirenin güzelliğine hayran kalıp alışılageldik metanetlerini unutuvermişlerdi.

Şehrin sınırına vardığı sırada yolun, ovalardan gelen yarım düzine kadar hırpani görünümlü çobanın koca sürüleri tarafından kesildiğini gördü. Sabırsızlık içindeki Lucy, atını yakaladığı bir boşluktan sürerek engeli aşmaya çalıştı. Boşluğun içine güç bela girmişti ki, hayvanlar etrafını sardılar ve Lucy kendini hareket eden kızgın bakışlı, uzun boynuzlu öküzlerin arasında buluverdi. Öküzlerle başa çıkmaya alışkın olduğu için bu durum onu telaşlandırmamıştı ama yine de süvarilerin arasına yeniden katılabilme umuduyla her fırsatta atını ileri doğru sürdü. Maalesef hayvanlardan birinin boynuzları, kazara mı kasti mi bilinmez, atın böğrüne sert bir şekilde çarparak onu kızdırdı. Hayvan bir anda arka bacaklarının üzerinde öfke içinde homurdanarak yükseldi, zıpladı ve öyle bir şekilde silkindi ki, yalnızca en usta binici üzerinden düşmemeyi başarabilirdi. Bu çok tehlikeli bir durumdu. Heyecanlanan atın her hamlesi onu yeniden boynuzlarla karşı karşıya getiriyor, onu öfkeden deliye döndürüyordu. Kız, atın üzerinden düşmemek için elinden geleni yapıyordu. Aksi takdirde bu, hantal ve korku içindeki hayvanların toynakları altında korkunç bir ölüm demek olurdu. Ani durumlara alışkın olmadığı için Lucy'nin başı dönmeye başladı, eyerdeki eli gevşedi. Yerden kalkan toz bulutu ve debelenen hayvanların öfkesi içinde nefessiz kaldı. Çaresizliğe kapılarak kendini koyverebilirdi ama yanı başında duyduğu nazik ses, hemen yardımına koştu. Hemen o anda güçlü, esmer bir el, korkan atı geminden yakalayıp sürünün içinden çekerek dışarı çıkardı.

"Bir şeyiniz yok ya, küçük hanım," dedi kurtarıcısı, saygılı bir dille.

Lucy başını kaldırıp adamın koyu, öfkeli yüzüne baktıktan sonra samimi bir şekilde güldü. "Fena korktum," dedi, safça. "Poncho'nun bir inek sürüsünden korkacağı kimin aklına gelirdi ki?"

"Şükür ki attan düşmediniz," dedi adam, ciddi bir tavırla. Uzun boylu, hırpani görünümlü genç bir adamdı. Demir kırı bir atın üzerindeydi ve kaba avcı giysileri giymiş, omzuna da uzun bir tüfek takmıştı. "Sanırım siz John Ferrier'in kızısınız," dedi. "Onun evinden çıktığınızı görmüştüm. Onu gördüğünüzde, St. Louis'li Jefferson Hopes'u hatırlayıp hatırlamadığını sorun. Eğer aynı Ferrier ise, babam ve o çok yakınlardı."

"Gelip kendiniz sorsanız daha iyi olmaz mı?" diye sordu Lucy, cilveli bir şekilde.

Bu teklif genç adamın hoşuna gitmiş gibiydi. Koyu renk gözleri zevkle parladı. "Gelmek isterdim," dedi, "ama iki ay boyunca dağlardaydım ve üstüm başım ziyaret için pek uygun değil. Beni gördüğüne sevinmeyebilir."

"Size teşekkür etmesi için iyi bir nedeni var. Benim de öyle," diye cevapladı. "Bana çok düşkündür. Bu inekler üzerime atlasaydı, bunun üstesinden asla gelemezdi."

"Ben de öyle," dedi adam.

"Siz de mi? Bunun sizin için neden bir önemi olsun, anlayamadım. Arkadaşımız bile değilsiniz."

Lucy'nin kahkaha atarak söylediği bu sözler karşısında genç avcının esmer yüzü asıldı.

"Öyle söylemek istemedim," dedi Lucy Ferrier. "Tabii ki artık arkadaşız. Gelip bizi ziyaret etmelisiniz. Şimdi yoluma devam etmezsem babam artık iş konusunda bana asla güvenmez. Hoşçakalın!"

"Güle güle," diye cevapladı genç avcı, geniş şapkasını kaldırıp Lucy'nin küçük eline doğru eğilirken. Lucy atını kırbaçlayıp yuvarlanan bir toz bulutu içinde geniş yola doğru ok gibi fırladı.

Genç Jefferson Hope, arkadaşlarıyla birlikte suratını asıp tek kelime etmeden ilerlemeye devam etti. O ve arkadaşları gümüş aramak için bir süre Nevada Dağları'nda bulunduktan sonra artık buldukları bir miktar sermayeyle cevher işleme umudu içinde Salt Lake City'ye geri dönüyorlardı. Bu ani durum aklını allak bullak edene kadar bütün düşündüğü, tıpkı diğerleri gibi, yalnızca işti. Sierra rüzgârları kadar içten ve temiz olan bu genç kızı görünce, vahşi ve patlamaya hazır bir volkan olan kalbi, en derinlerine kadar hareketlenmişti. Kız görüş alanından kaybolduğunda, genç avcı hayatının dönüm noktasında olduğunu ve ne gümüş aramanın ne de herhangi başka bir meselenin bu yeni, sürükleyici mesele kadar önemli olduğunu anladı. Kalbinde tomurcuklanan aşk, bir delikanlılığının ani, gelip geçici hevesinden çok, iradeli ve sert bir adamın ateşli tutkusuydu. Şu âna kadar yaptığı her işte başarılı olmaya alışmıştı. İnsanın çabası ve azmi onu emeline ulaştıracaksa, asla yenilgiyi kabul etmeyeceğine yemin etti.

John Ferrier'i o gece ve daha birçok kez, yüzü çiftlik evinin tanınan bir siması olana kadar ziyaret etti. Vadiye tıkılıp işinden başka hiçbir şeyle ilgilenmeyen John'un, dışarıdaki dünyada olan biten hakkında fikir sahibi olma şansı son on iki senedir pek yoktu. Jefferson Hope, anlatış tarzıyla babasının olduğu kadar Lucy'nin de ilgisini çekmeyi başarıyordu. Kaliforniya'ya ilk gelenlerdendi ve o sakin günlerde servetine servet katanlara ya da tam tersi olarak servetlerini yitirenlere dair birçok ilginç hikâye anlatıyordu. Aynı zamanda hayvanlara tuzak kuran bir izci, bir gümüş avcısı ve çiftlik çalışanıydı. Nerede heyecan uyandıran bir macera varsa, Jefferson Hope soluğu orada alıyordu. Kısa süre içinde, ona ikna edici bir şekilde meziyetlerinden bahseden yaşlı çiftçinin gözüne girmişti. Böyle durumlarda Lucy sessizliğini korusa da, kızaran yanakları ve mutluluktan parlayan gözleri, ona artık kalbinin bir erkeğe ait olduğunu açık seçik gösteriyordu. Dürüst babası bu belirtileri fark etmemiş olsa bile, sevgisini kazanan adamın dikkatinden kaçmıyordu.

Jefferson Hope, bir yaz akşamı dörtnala gelip kapının önünde durdu. Eşikte bekleyen Lucy, onu görmeye gelmişti. Jefferson dizginleri çitin üzerinden attıktan sonra patikada yürümeye başladı.

"Burada bir işim kalmadı, Lucy," dedi, ellerini avuçlarına alıp yüzüne şefkatli gözlerle bakarak. "Şu anda benimle gelmeni isteyecek değilim ama geri döndüğümde hazır olacak mısın?"

"Ne zaman döneceksin?" diye sordu, kızarmış yanaklarıyla kıkırdayarak.

"Birkaç ay uzaklarda olacağım. Sonra gelip seni alacağım, sevgilim. Kimse aramıza giremez."

"Peki ya babam?" diye sordu Lucy.

"Madenleri işlettiğimiz sürece iznini aldım. Bu konuda hiç korkum yok."

"Ah, elbette, babamla birlikte bu konuyu hallettiyseniz, bana bir şey söylemek düşmez," diye fısıldadı, yanağını Jefferson'ın geniş göğsüne yaslayarak.

"Tanrı'ya şükür!" dedi Jefferson kısık bir sesle, eğilip Lucy'yi öperek. Burada ne kadar kalırsam, gitmek o kadar zor olacak. Kanyonda beni bekliyorlar. Hoşçakal, canım sevgilim. Hoşçakal. İki ay sonra kavuşacağız."

Son sözlerini söyledikten sonra Lucy'nin yanından ayrılıp atına atladı ve oradan dörtnala uzaklaşırken, yolundan cayma korkusuyla arkasına asla bakmadı. Lucy ise kapıda durup adam gözden kaybolana kadar ardından baktı. Sonra Utah'ın en mutlu kızı olarak eve girdi.

3

JOHN FERRİER PEYGAMBERLE KONUŞUYOR

Jefferson Hope ile yoldaşlarının Salt Lake City'den ayrılışlarının üzerinden üç hafta geçmişti. Genç adamın döneceği ve evlatlığını kaybedeceği günü düşündükçe John Ferrier'in içi acıyordu. Yine de Lucy'nin parlak ve mutlu yüzü, onu herhangi bir teselliden çok daha fazla sakinleştiriyordu. John Ferrier güçlü kalbinde her zaman öylesine kararlı olmuştu ki, hiçbir şey onu kızının bir Mormon'la evlenmesine ikna edemezdi. Böylesi bir evliliğin evlilik değil, yüz karası olduğunu düşünüyordu. Mormon öğretileriyle ilgili fikri her ne olursa olsun, bu konuda hiç esnek değildi. Yine de o günlerde geleneklere aykırı bir bakış açısı Azizler Ülkesi'nde tehlike arz ettiği için, ağzını kapalı tutmak zorundaydı.

Evet, tehlikeliydi; hatta öylesine tehlikeliydi ki, en inançlı kişi bile dinle ilgili fikirlerini endişe içinde fısıldıyor, yanlış anlaşılıp cezalandırılmaktan korkuyordu. Cezalandırılan kurbanların kendileri de artık birer cezalandırıcı olmuştu. Üstelik bu konuda çok acımasızdılar. Ne Sevilla Engizisyonu, ne Almanların Vehmgericht'i, ne de İtalya'nın gizli örgütleri, Utah Eyaleti'nde olup bitenleri gölgede bırakabilirdi.

Görünmezlik ve sır perdesi, bu örgütlenmeyi daha da korkunç kılmıştı. Güçleri her şeyi yapmaya kadirdi ve şu âna kadar böylesi ne görülmüş ne de duyulmuştu. Kiliseye karşı çıkan bir adam ortadan kaybolmuştu ve kimse onun nerede olduğunu, başına neler geldiğini bilmiyordu. Karısı ve çocukları onu evde beklese de babaları geri dönüp gizli yargıçların elinden nasıl kurtulduğunu anlatamamıştı. Düşüncesizlikle ağızdan çıkan bir söz ya da aceleci bir hareketin sonu cezalandırılmak oluyordu ve kimse üstlerine çöken bu felaketin nereden geldiğini bilmiyordu. İnsanların korku içinde titremelerine ve yabanın ortasında bile akıllarını kurcalayan şüpheleri dile getirmekten korkmalarına şaşmamak gerekti.

İlk başlarda bu belirsiz ve korkunç güç, yalnızca Mormon inancını kabul ettikten sonra caymak isteyenlere uygulanmıştı. Ama kısa süre içinde gittikçe yayıldı. Yetişkin kadınların sayısı azalmıştı ve kadın nüfusu olmayınca, çokeşlilik anlamsız bir öğreti halini almıştı. Etrafta tuhaf dedikodular yayılmıştı. Bu dedikodular, Kızılderililerin hiç görülmediği bölgelerde öldürülen göçmenler ve talan edilen kamplarla ilgiliydi. İhtiyarların haremlerine yeni kadınlar eklenmişti. Yas tutan bu kadınlar, gizlenemez korkularının izlerini yüzlerinde taşıyorlardı. Dağlarda karanlığa kalan gezginler, silahlı, maskeli, gizli ve sessizce hareket eden, yanlarından geçip giden çetelerden söz ediyorlardı. Dilden dile yayılan bu dedikodular, güçlü kanıtlarla şekillenip en sonunda kesin bir isme kavuştu. Bugün, batının ıssız çiftliklerinde Danite Çetesi'nin ya da İntikam Melekleri'nin adı, uğursuzluklarıyla biliniyor.

Böylesine korkunç sonuçlar yaratan bu örgütlenme hakkında edinilen bilgiler, insanların içini yiyip bitiren korkuyu daha da arttırmıştı. Kimse bu örgüte kimin üye olduğunu bilmiyordu. Din adı altında dökülen kanların ve uygulanan vahşetin sorumlularının adı gizli tutuluyordu. Peygamber ve görevi hakkındaki endişelerinizi paylaştığınız en yakın dostunuz bile onlardan biri olup, bir gece vakti elinde ateş ve kılıçla çıkagelip size bunu korkunç bir şekilde ödetebilirdi. Bu yüzden herkes komşusundan bile korkar hale gelmişti ve kimse aklından geçenleri dile getiremiyordu.

Güzel bir sabah, John Ferrier tam buğday tarlalarına gideceği sırada bir kapı mandalı sesi duydu ve pencereden dışarı baktığında tıknaz, saman sarısı saçlı, orta yaşlarında bir adamın eve doğru yaklaştığını gördü. Yüreği ağzına gelmişti, çünkü bu yüce Brigham Young'dan başkası değildi. Ürperen Ferrier –çünkü bu ziyaretin pek hayra alamet olmadığını biliyordu– Mormon liderini karşılamak için kapıya koştu. Ne var ki lider, onun selamlarına soğuk bir karşılık verdi ve sert bakışlarla arkasından oturma odasına girdi.

"Kardeş Ferrier," dedi, oturup çiftçiye açık renkli kirpiklerinin altından aksi bir ifadeyle bakarak, "gerçek inananlar, sana çok iyi dostluk yaptılar. Seni çölün ortasında açlıktan ölürken bulduk ve yemeğimizi seninle bölüştük, seni güven içinde Seçilmiş Vadi'ye getirdik, topraklarımızdan epey bir miktar verdik ve korumamız altında zenginleşmene izin verdik. Doğru mu?"

"Doğru," diye cevapladı John Ferrier.

"Karşılığında istediğimiz tek bir şey vardı; gerçek inancı kabul edip bütün gerektirdiklerine boyun eğmen. Sen de bunu yapacağına dair söz verdin ama eğer herkesin söylediği doğruysa, kuralları çiğnedin."

"Peki nasıl çiğnemişim?" diye sordu Ferrier, itiraz ederken ellerini uzatarak. "Ortak ödeneği mi vermemişim? Tapınağa mı gelmemişim? Yoksa...?"

"Karıların nerede?" diye sordu Young, gözlerinin içine bakarak. "Çağır da onları selamlayayım."

"Evlenmediğim konusunda yalan söyleyecek değilim," diye karşılık verdi Ferrier. "Ama kadın sayısı çok az ve evlenmeyi benden daha çok hak eden erkekler vardı. Ben yalnız bir adam değilim; her işime koşturan bir kızım var."

"Benim konuşmak istediğim konu da kızın," dedi Mormon lider. "Büyüyüp serpildi, Utah'nın göz bebeği oldu ve bu toprakların önde gelenlerinin gözü onda."

John Ferrier içten içe söylendi.

"Hakkında söylenenlere inanmak istemiyorum. Bir centille* birlikte olduğuna dair hikâyeler var. Dilinin kemiği olmayanların uydurduğu dedikodulardır diye düşünüyorum. Aziz Joseph Smith'in düsturunun on üçüncü kuralı neydi? 'Gerçek bir inanan olan her bakire, seçilmişlerden biriyle evlenmelidir; çünkü bir centille evlendiği takdirde, büyük bir günah işlemiş olur.' Hal böyle olunca, kutsal öğretilere inanan biri olarak, kızının bu kuralı ihlal etmesinden mustarip olmalısın."

John Ferrier cevap vermedi, gergin bir şekilde kamçısıyla oynuyordu.

"Bu durumda inancının sınanması gerek. Kutsal Dörtler Meclisi bu yönde karar verdi. Kız genç ve biz de onu saçına aklar düşen biriyle evlendirecek değiliz. Seçme şan-

* Mormon olmayan. *–çn*

sını elinden de almayacağız. Biz ihtiyarların birçok düvesi* olur ama çocuklarımızın da bundan yararlanması gerekir. Stangerson'ın da Drebber'ın da oğlu var ve ikisi de kızını seve seve evlerine kabul ederler. İkisinin arasında seçim yapmak kızına kalsın. Genç ve zenginler. Üstelik gerçekten inançlılar. Ne diyorsun?"

Ferrier bir süre kaşlarını çatarak sessiz kaldı.

"Bize biraz zaman verin," dedi en sonunda. "Kızım çok genç; henüz evlenecek yaşa bile gelmedi."

"Düşünmesi için bir ay süresi var," dedi Young, ayağa kalkarken. "Bir ay sonra cevabını vermeli."

Tam kapıdan geçerken kıpkırmızı bir yüz ve alev saçan gözlerle arkasına döndü. "John Ferrier," diye gürledi, "keşke sen ve kızın, zayıf iradenizi Kutsal Dörtlü'nün emirlerinden üstün görmek yerine Sierra Blanco'da bembeyaz kesilmiş iskeletler olsaydınız!"

Eliyle tehditkâr bir hareket savurduktan sonra kapıdan çıktığında, Ferrier ağır adımlarının çakıllı yolu ezdiğini duydu.

Dirseklerini dizlerine dayayarak oturmaya devam ederken konuyu kızına nasıl açacağını düşünüyordu. Tam bu sırada elinde yumuşak bir el hissetti ve başını kaldırıp baktığında, kızının yanında durduğunu gördü. Solgun, korku içindeki yüzüne bakar bakmaz, olan biteni duyduğunu anlamıştı.

"Kulak misafiri olmadan edemedim," dedi, babasının bakışlarına cevap olarak. "Sesi bütün evde yankılanıyordu. Ah, baba, baba, ne yapacağız biz?"

"Dert etme," diye cevapladı babası, kızını kendine doğru

* Heber C. Kimball'ın, vaazlarından birinde yüz eşinden bahsederken kullandığı söz.

çekip kocaman, pürüzlü elini şefkatli bir şekilde kahverengi saçlarında gezdirerek. "Öyle ya da böyle, bu meseleyi halledeceğiz. Ona karşı hissettiklerin değişmedi, değil mi?"

Hıçkırıp babasının elini sıkarak cevap verdi.

"Hayır; tabii ki değişmedi. Değiştiğini söyleseydin de inanmazdım. Tam sana göre bir adam ve buradaki tüm dua eden ve vaaz veren insanlardan da daha Hıristiyan. O genç adamı biraz tanıdıysam, elektrikli telgrafın bile tozunu attıran bir hızla geri dönecektir."

Lucy, babasının bu benzetmesine gözyaşları içinde güldü.

"Döndüğünde ise bize en iyisini yapmamızı tembihleyecektir. Ama ben senin için korkuyorum, babacığım. Peygamberiyle ters düşenlerin başına neler geldiğine dair korkunç hikâyeler duyuyoruz; başlarına hep berbat şeyler geliyor."

"Henüz onunla ters düşmedik ki," diye cevapladı babası. "Ama ters düştüğümüzde kıyamet kopacak. Daha önümüzde koskoca bir ay var; bu sürenin sonunda sanırım Utah'tan ayrılmış olsak iyi olur."

"Utah'tan ayrılmak mı?"

"Aynen öyle."

"Peki ya çiftlik ne olacak?"

"Alabildiğimiz kadar parayı alıp gerisini bırakacağız. Lucy, doğrusunu istersen bunu yapmak ilk kez aklıma gelmiyor. Tıpkı bu insanların lanet peygamberlerine yaptığı gibi, başka birine boyun eğmeyeceğim. Ben özgür bir Amerikalıyım ve tüm bunlar bana çok yabancı. Galiba böyle şeyleri öğrenemeyecek kadar da yaşlıyım. Eğer çiftliğe gelip bizi ararsa, ona doğru ilerleyen bir şarjör dolusu mermiye göğüs germesi gerekebilir."

"Ama gitmemize izin vermezler," diyerek karşı çıktı kızı.

"Jefferson gelene kadar bekler, sonra başımızın çaresine

bakarız. Bu sırada da kendini üzme, tatlım. Eğer gözlerin şişerse, seni gördüğünde üstüme yürür. Korkulacak bir şey ya da tehlikeli bir durum yok."

John Ferrier, yatıştırıcı bir sesle kızını teselli etmeye çalışsa da, babasının o gece kapıları hiç âdeti olmayan bir şekilde kilitlemesi, yatak odasının duvarında asılı duran paslı av tüfeğini dikkatlice doldurması Lucy'nin gözünden kaçmamıştı.

4

HAYATA KAÇIŞ

Mormon peygamberle konuşmasından sonraki sabah John Ferrier, Salt Lake City'ye giderek Nevada Dağları'na doğru yola çıkacak olan ahbabına Jefferson Hope'a iletilmek üzere bir mesaj bıraktı. Mesajda, genç adama yaklaşan tehlikeden ve geri dönmesinin ne kadar elzem olduğundan bahsetmişti. Mesajı bıraktıktan sonra üzerinden yük kalkmış gibi oldu ve hafiflemiş bir şekilde evine döndü.

Çiftliğine yaklaştığında, kapıdaki direklere bağlanmış atı görüp şaşırdı. Bu şaşkınlığı, oturma odasındaki iki genç adamı görünce ikiye katlandı. Adamlardan uzun ve solgun yüzlü olanı sallanan sandalyeye oturmuş, ayaklarını da sobaya dayamıştı. Kalın enseli, şişkin suratlı diğeri ise ellerini cebine koymuş, pencerenin önünde dikiliyor, bir yandan da bilindik bir ilahiyi ıslıkla çalıyordu. İkisi de içeri giren Ferrier'i selamladılar. Sallanan sandalyedeki konuşmayı başlattı.

"Bizi tanımıyor olabilirsiniz," dedi. "O ihtiyar Drebber'ın oğlu, ben de Tanrı'nın elini uzatıp sizi doğru yola soktuğu sırada çölde sizinle yolculuk eden Joseph Stangerson'ım."

"Tıpkı zamanı geldiğinde bütün ulusları doğru yola sokacağı gibi," dedi diğeri, genizden bir sesle, "değirmeni yavaş işler ama ince öğütür."

John Ferrier, başını eğerek soğuk bir şekilde onları selamladı. Bu ziyaretçilerin kim olduğunu tahmin etmişti.

"Biz," diye devam etti Stangerson, "babalarımızın tavsiyesi üzerine kızınızı istemeye geldik. Tabii siz ve kızınız hangimizi uygun görürse. Benim dört, Kardeş Drebber'ın ise yedi karısı olduğu için, benim daha uygun olduğumu düşünüyorum."

"Hayır, hayır, Kardeş Stangerson," diye bağırdı diğeri. "Kaç karımızın olduğu değil, kaçına bakabildiğimiz önemli. Babam değirmenlerini bana verdi ve ben artık senden daha zenginim."

"Ama benim önüm daha açık," dedi diğeri, sıcak bir şekilde. "Tanrı babamı yanına aldığında, tabakhanesi ve deri fabrikası benim olacak. Üstelik ben senin büyüğünüm ve kilisede kıdemim daha yüksek."

"Kararı bakire versin," dedi genç Drebber, aynadaki yansımasına sırıtarak. "Her şeyi onun kararına bırakalım."

Tüm bu konuşmayı kapının eşiğinde durmuş, öfkesi burnunda dinleyen John Ferrier, ziyaretçilerini kamçılamamak için kendini zor tutuyordu.

"Bakın," dedi en sonunda, yaklaşarak, "kızım sizi davet ettiğinde gelebilirsiniz ama o zamana kadar yüzlerinizi bir daha görmek istemiyorum."

İki genç Mormon şaşkınlık içinde ona baktılar. Onlar için bakire uğruna aralarında verdikleri mücadele, hem onun hem de kızı için bir gurur kaynağı olmalıydı.

"Odadan çıkmanın iki yolu var," diye bağırdı Ferrier, "kapı ve pencere. Hangisini kullanmak istersiniz?"

Esmer yüzü öyle öfkeli, kurumuş elleri öyle tehditkâr görünüyordu ki, ziyaretçileri hemen ayağa fırlayıp evden çıktılar. Yaşlı çiftçi de kapıya kadar peşlerinden gitti.

"Aranızdan kimin kızımla evleneceğine karar verdiğinizde haberim olsun," dedi alaycı bir ifadeyle.

"Bu yaptığınızın bedelini ödeyeceksiniz!" diye bağırdı Stangerson, öfkeden kızarmış yüzüyle. "Peygambere ve Dörtler Meclisi'ne karşı geldin. Hayatınızın sonuna kadar buna pişman olacaksınız."

"Tanrı'nın eli hep yakanızda olacak," diye bağırdı genç Drebber. "Vücut bulup sizi cezalandıracak!"

"O zaman ben de kendi cezamı vereyim," diye çıkıştı Ferrier. Lucy onu kolundan yakalamamış olsaydı, yukarı fırlayıp tüfeğini alacaktı. Lucy'nin elinden kurtulmasına fırsat kalmadan, at toynaklarının tıkırtısını duyup artık çok uzaklaştıklarını anladı.

"Aşağılık herifler!" diye bağırdı, alnındaki teri silerken. "Seni onlardan birine vermektense ellerimle mezara gömerim, daha iyi, kızım."

"Ben de ölmeyi tercih ederim, baba," diye cevapladı içtenlikle. "Ama Jefferson yakında burada olur."

"Evet. Eli kulağındadır. Ne kadar erken, o kadar iyi, çünkü bir sonraki hareketlerinin ne olacağını bilemeyiz."

Gerçekten de tavsiye verip yardım edebilecek birinin, dayanıklı ve yaşlı çiftçi ile evlatlığının imdadına bir an önce yetişmesi iyi olacaktı. Bu kasabanın tarihi boyunca, sözü geçen bu kişilerin otoritesine hiçbir zaman böylesine bir itaatsizlik yaşanmamıştı. Küçük hatalar bile ağır bir şekilde cezalandırılıyorsa, bu isyankârın sonu ne olurdu? Ferrier, servetinin ve mevkisinin bir yardımının olmayacağının farkındaydı.

En az onun kadar tanınıp, en az onun kadar zengin olanlar çoktan sırra kadem basmıştı ve mal varlıkları da kiliseye bağışlanmıştı. Cesur bir adam olsa da belirsiz, karanlık korkular içini kemirip duruyordu. Bilindik bir tehlikeye karşı göğüs gerebilirdi, ama bekleyiş endişe vericiydi. Korkularını kızından saklayıp sorun yokmuş gibi davranmaya çalışsa da, Lucy sevginin keskin gözleriyle babasının huzursuz olduğunu görebiliyordu.

Davranışı karşısında Young'dan bir mesaj ya da bir şikâyet gelmesini bekliyordu ve her ne kadar beklediği gibi olmasa da, bir cevap aldı. Ertesi sabah uyandığında, hiç beklenmedik bir şekilde yatak örtüsünün göğsüne denk gelen kısmına iliştirilmiş küçük, kare bir kâğıt buldu. Kâğıdın üzerinde, kalın ve düzensiz harflerle şöyle yazıyordu:

"Kararını değiştirmen için yirmi dokuz günün daha var, sonra..."

Bu, herhangi bir tehditten daha korkunçtu. Bu uyarının odaya nasıl gelmiş olduğu John Ferrier'in içini kemiriyordu, çünkü hizmetçileri müştemilatta uyuyorlardı. Üstelik bütün kapı ve pencereler güvenli bir şekilde kilitlenmişti. Kâğıdı buruşturdu ve kızına tek kelime etmedi, ama bu olay içine bir korku salmıştı. Yirmi dokuz gün, Young'ın vaat ettiği bir aydan geri kalandı. Bu denli esrarengiz güçlerle donatılmış bir düşmana karşı hangi kuvvet, hangi cesaret durabilirdi? O kâğıdı iliştiren iğne, kalbine de saplanabilirdi ve onu öldürenin kim olduğunu da asla bilemezdi.

Ertesi sabah daha da korkutucuydu. Kahvaltı etmek üzere sofraya oturdukları sırada, Lucy şaşkınlık içinde bağırarak yukarıyı gösterdi. Tavanın ortasına, tahminen yanık bir sopayla 28 yazılmıştı. Kızı buna bir anlam verememiş, babası da ona bunu açıklamamıştı. O gece John Ferrier silahıyla oturup nöbet tuttu. Herhangi bir şey görüp duymasa da sabah kapısının üzerine kocaman bir 27 yazılmıştı.

Günler günleri kovaladı; her sabah görünmez düşmanları kayıtlarını tutmuş, dikkat çekici bir yere geriye kaç gün kaldığını yazmış oluyordu. Bazen bu ölümcül rakamlar duvarlarda, bazen yerlerde, bazen de bahçe kapısına ya da korkuluklara asılmış küçük plakalarda beliriyordu. John Ferrier ne kadar teyakkuzda olursa olsun, bu günlük uyarıların nasıl ortaya çıktığını çözemiyordu. Onları görür görmez, neredeyse batıl bir korkuya kapılıyordu. Bitkin düşmüş, huzuru kaçmıştı ve gözlerinde avlanmış bir canlının tedirgin bakışları vardı. Artık hayatta tek bir umudu kalmıştı, o da genç avcının Nevada'dan gelmesiydi.

Yirmi on beşe, on beş ona dönmüştü ama ondan hiç haber yoktu. Rakamlar birer birer küçülüyor, ondan yine ses çıkmıyordu. Yoldan ne zaman bir atlı geçse ya da bir sürücü ekibine seslense, yaşlı çiftçi en sonunda yardımın geldiğini düşünerek kapıya koşuyordu. En sonunda rakam beşten dörde indi ve sıra üçe geldiğinde cesaretini kaybetti. Kaçış umutları suya düşmüştü. Tek başınaydı ve kasabayı çevreleyen dağlar hakkındaki kısıtlı bilgisi nedeniyle güçsüz olduğunu biliyordu. En kalabalık yollar sıkı bir şekilde gözetleniyor, korunuyordu. Meclisin emri olmadan kimsenin geçmesine izin verilmiyordu. Ne yöne dönerse dönsün, etrafını saranlardan kaçış yoktu. Yine de yaşlı adam, ne pahasına olursa olsun, kızının onurunun lekelenmesi olarak gördüğü bu duruma izin vermeyecekti.

Bir gece tek başına oturmuş, başındaki dertten nasıl kurtulacağını derin derin düşünüp çözüm yolu arıyordu. O sabah evin duvarında 2 rakamı belirmişti ve ertesi sabah tanınan sürenin son günüydü. O zaman ne olacaktı? Aklına belirsiz ve korkunç hikâyelerden başka hiçbir şey gelmiyordu. Peki ya kızı; o ölünce ne yapardı? Etraflarını çevreleyen bu görünmez ağdan kurtulmanın yolu yok muydu? Başını masaya dayayıp güçsüzlüğüne içerlendi.

O da neydi? Sessizliğin içinde hafif bir tıkırtı duyuldu. Kısık olsa da gecenin sessizliğinde çok barizdi. Evin kapısından gelmişti. Ferrier hole doğru ilerleyip kulak kabarttı. Bir anlık duraksamadan sonra alçak ve derin ses tekrarlandı. Belli ki biri kapının bölmelerinden birine hafifçe vuruyordu. Acaba bu, gizli mahkemenin ölüm emrini gerçekleştirmeye gelen bir gece yarısı katili miydi? Yoksa tanınan sürenin son gününü işaretlemeye gelen bir tür ajan mıydı? John Ferrier, o an sinirlerini altüst eden bu endişeli bekleyiş yerine ölümün daha iyi olacağını hissetti. Öne atılıp kilidi çekerek kapıyı açtı.

Dışarıda her şey süt limandı. Güzel bir geceydi ve gökyüzündeki yıldızlar pasparlaktı. Ön taraftaki küçük bahçe çit ve bir kapıyla sınırlanmıştı ama ne orada ne de yolda tek bir kişi vardı. Rahatlayan Ferrier iç çekip sağına ve soluna bakarken, ayaklarının dibinde, yerde yatan adamı görmesiyle şaşkınlıktan ağzı açık kaldı.

Gördüğü manzara karşısında duvara yaslanıp bağırmamak için ağzını eliyle kapadı. Aklına ilk gelen, bu halden düşmüş kişinin yaralı ya da can çekişen bir adam olduğuydu ama adamın yerde sürünüp tıpkı bir yılan gibi hızlı ve sessiz bir şekilde içeri girdiğini gördü. Adam eve girdikten sonra ayağa kalktı, kapıyı kapadı ve şaşkınlık içindeki çiftçi, Jefferson Hope'un sert ve cesur ifadesiyle karşılaştı.

"Tanrım!" diye bağırdı John Ferrier. "Yüreğime indirecektin! Neden böyle geldin ki?"

"Bana yiyecek bir şeyler verin," dedi Jefferson, kısık bir sesle. "Kırk sekiz saattir boğazımdan tek lokma geçmedi." Ev sahibinden kalan soğuk yemekle ekmeğin durduğu masaya doğru ilerleyip hepsini midesine indirdi. "Lucy iyi mi?" diye sordu, açlığını giderdikten sonra.

"Evet. Tehlikenin farkında değil," diye cevapladı babası.

"Güzel. Ev her taraftan gözetleniyor. O yüzden sürünerek geldim. Gözleri çok keskin olsa da, bir Washoe* avcısını görecek kadar keskin olamaz."

John Ferrier, onun sadık bir dost olduğunu anlamıştı ve artık ona farklı bir gözle bakıyordu. Genç adamın köseleye dönen elini tutup dostane bir şekilde sıktı. "Sen gurur duyulacak bir adamsın," dedi. "Senden başka kimse kendini tehlikeye atarak sıkıntımızı paylaşmazdı."

"Tam üstüne bastınız, dostum," diye cevapladı genç avcı. "Size saygım sonsuz ama bu işte tek başınıza olsaydınız, elimi taşın altına koymadan önce iki kez düşünürdüm. Beni buraya getiren Lucy oldu ve ona zarar gelirse sanırım Utah'taki Hope ailesinden biri eksik olacak."

"Ne yapacağız?"

"Yarın son gün ve bu gece harekete geçmezseniz işiniz biter. Katırımla iki atım Eagle Vadisi'nde bekliyor. Ne kadar paranız var?"

"İki bin dolarlık altınım ve beş bin dolarlık banknotum var."

"Bu yeterli olacaktır. Ben de en az o kadar eklerim. Dağların arasından Carson City'ye doğru yol almalıyız. Lucy'yi

* Tahoe Gölü yakınlarında yaşamış olan Kızılderili kabilesi. *-çn*

uyandırsanız iyi olur. Hizmetçilerin evde kalmamaları da iyi oldu."

Kızını yaklaşan yolculuk için hazırlamaya giden Ferrier'in yokluğunda, Jefferson Hope bulabildiği bütün yiyecekleri küçük bir çıkının içine koyup çömlek sürahiyi suyla doldurdu, çünkü tecrübeleri ona dağdaki su kaynaklarının çok az ve birbirine uzak olduğunu göstermişti. Çiftçi, kızıyla birlikte giyinmiş ve yeni bir başlangıca hazır olarak geri döndüğünde, Jefferson Hope işini yeni bitirmişti. Sevgililerin kavuşması sıcak ama kısaydı, çünkü dakikalar değerliydi ve yapacak çok işleri vardı.

"Bir an önce yola koyulmalıyız," dedi Jefferson Hope, kısık ama belirgin bir sesle konuşarak. Tehlikenin farkında olduğu halde kendine söz geçirebiliyordu. "Ön ve arka kapılar tutulmuş ama temkinli bir şekilde yan pencereden çıkıp tarlalara ulaşabiliriz. Yola vardıktan sonra atların beklediği vadiye yalnızca üç kilometremiz kalmış olacak. Gün ağardığında dağların arasından geçip yolu yarılamış oluruz."

"Ya bizi durdururlarsa?" diye sordu Ferrier.

Hope, gömleğinin önünden çıkan silahının kabzasına vurdu. "Eğer sayıca fazlalarsa, iki ya da üç tanesini yanımızda götürürüz," dedi, şeytani bir gülümsemeyle.

Evin içindeki ışıkların hepsi sönmüştü ve Ferrier kararan pencereden bir zamanlar kendisine ait olan ama artık sonsuza dek terk etmekte olduğu tarlalara baktı. Kendini bu fedakârlığa uzun zamandır hazırlıyordu. Üstelik kızının onuru ve mutluluğunu düşündüğünde, yıkılan serveti nedeniyle asla pişmanlık hissetmeyecekti. Hışırdayan ağaçlar ve derin sessizlik tarlalar boyunca uzanıyor, her şey öyle huzurlu ve mutlu görünüyordu ki, ölümün burada kol gezdiğine inanmak çok güçtü. Ama soluk yüzlü genç avcının kararlı ifadesi, eve yaklaşırken onu bu konuya inandıracak birçok şey gördüğüne işaret ediyordu.

Ferrier altın ve banknot çıkınını, Jefferson kısıtlı erzakla suyu, Lucy ise içinde en değerli eşyalarının bulunduğu küçük çıkını taşıyordu. Pencereyi çok yavaş ve dikkatli bir şekilde açtıktan sonra, geceyi boğan karanlık bulutun geçmesini bekleyip teker teker küçük bahçeye atladılar. Nefeslerini tuttular, çömelip ilerleyerek çitlerin sığınağına vardılar, kenarından yürüyüp buldukları boşluktan mısır tarlalarına çıktılar. Tam buraya varmışken genç adam diğer ikisini tutup onları gölgeye doğru çekti. Gölgenin içinde bir süre sessizce titreyerek beklediler.

Jefferson Hope, bozkırlardaki eğitimleri sonucunda vaşaklar gibi keskin kulaklara sahip olmuştu. O ve arkadaşları tam çömelmişlerdi ki, iki metre kadar ileriden, bir dağ baykuşunun hüzünlü ötüşü duyuldu ve başka bir baykuş yakın bir mesafeden ona cevap verdi. Tam o sırada gölgeyi andıran belli belirsiz bir siluetin, ulaşmaya çalıştıkları boşluktan belirip uyarı anlamında bir ses çıkarmasıyla, ikinci bir adamın karanlıktan sıyrılması bir oldu.

"Yarın, gece yarısında," dedi, sözünün geçtiği belli olan ilk adam. "Çobanaldatan üç kez ötünce."

"Anlaşıldı," dedi diğeri. "Kardeş Drebber'a da söyleyeyim mi?"

"Söyle, o da diğerlerine söylesin. Dokuza yedi!"

"Yediye beş!" diye tekrarladı diğeri. İki adam farklı yönlere dağıldılar. Son sözlerinin bir tür işaret ya da parola olduğu belliydi. Ayak seslerinin uzaklarda kaybolduğu an, Jefferson Hope ayağa fırladı ve arkadaşlarının boşluktan geçmesine yardım ederek tarlalar boyunca bütün hızıyla ilerledi. Bir yandan da dermanı kalmayan kıza destek olup yürümesine yardım ediyordu.

"Acele edin! Acele edin!" diye sesleniyordu ara sıra. "Gözcülerin bulunduğu hattayız. Her şey hızımıza bağlı. Acele edin!"

Ana yola çıktıktan sonra hızla ilerlediler. Yalnızca bir kez biriyle karşılaştılar ve kendilerini bir tarlaya atarak tanınmamayı başardılar. Avcı Jefferson, kasabaya varmadan hemen önce dağlara doğru giden kayalıklı ve dar bir patikaya saptı. Karanlığın içinde, önlerinde yükselen iki sivri tepe vardı ve bu iki tepenin arasında uzanan dar geçit, atların beklediği Eagle Kanyonu'ydu. Jefferson Hope, hatasız içgüdülerine dayanarak koca kayaların arasından geçip kurumuş bir su kanalı boyunca ilerledi. En sonunda sadık hayvanlarının beklediği, etrafı kayalarla çevrili, kuytu köşeye vardı. Kız katıra, Ferrier para kesesiyle birlikte atlardan birine binerken, Jefferson Hope ise diğer ata binerek sarp ve tehlikeli yoldan ilerlemeye başladı.

Burası, doğanın en vahşi hallerine alışkın olmayan biri için şaşırtıcı bir yoldu. Bir taraftaki üç yüz metreye kadar çıkan kocaman kaya, taşlaşmış bir canavarın kaburgalarını andıran kayalıklı yüzeyinin üzerindeki uzun, bazalt sütunlarıyla simsiyah, sert ve tehditkâr görünüyordu. Diğer tarafta ise vahşi bir kaya ve yıkıntı karmaşası ilerlemeyi imkânsız kılıyordu. Her ikisinin ortasında düzensiz bir yol uzanıyordu. Bu yol yer yer öylesine dardı ki, tek sıra olarak ilerlemeleri gerekiyordu. Bir o kadar da sarp oluşu, yalnızca deneyimli binicilerin geçişine imkân veriyordu. Yine de tüm tehlikelere rağmen, kaçakların içleri rahattı, çünkü attıkları her adım onları kaçtıkları korkunç zorbalıktan uzaklaştırıyordu.

Kısa süre içinde hâlâ Azizler'in yetki alanının içinde olduklarına dair bir kanıt buldular. Geçidin en tehlikeli ve ıssız bölümünü geçtikleri sırada, Lucy şaşkınlık içinde çığlık atarak yukarıyı işaret etti. Gökyüzüne doğru karanlık ve gösterişsiz bir şekilde uzanan, yola bakan kayanın üzerinde tek bir gözcü duruyordu. Her iki taraf da aynı anda birbirini görmüştü. Gözcünün askeri bir tonla sorduğu, "Kim var orada?" sorusu, sessiz vadide çınladı.

"Nevada yolcuları," dedi Jefferson Hope, elini eyerine asılı duran tüfeğine götürerek.

Tek başına dikilen gözcü, elini silahına götürürken aldığı cevaptan pek tatmin olmamışa benziyordu.

"Kimin izniyle?" diye sordu.

"Kutsal Dörtlü'nün," diye cevapladı Ferrier. Mormon deneyimleri, ona bunun sözünü edebileceği en yüksek merci olduğunu öğretmişti.

"Dokuza yedi," diye bağırdı gözcü.

"Yediye beş," diye cevapladı hemen Jefferson Hope, bahçede duyduğu parolayı hatırlayarak.

"Geçin, Tanrı sizinle olsun," dedi yukarıdaki ses. Yol, onun durduğu yerin ardında genişliyordu. Atlar hızlarını arttırdılar. Arkalarına baktıklarında yalnız gözcünün silahına yaslandığını gördüler. Seçilmiş insanların en son sınırını geçtiklerini ve özgürlüğe kavuşacaklarını biliyorlardı.

5

İNTİKAM MELEKLERİ

Gece boyunca çetrefilli geçitlerden, bozuk ve kayalıklı yollardan ilerlediler. Birçok kez kaybolsalar da, Hope'un dağları çok iyi bilmesi nedeniyle yeniden yollarını buldular. Sabah olduğunda, vahşiliğine rağmen göz alıcı görünen bir güzellik önlerinde uzanıyordu. Karla kaplı yüksek tepeler onları her yönden kuşatmıştı, üçü de arka arkaya durmuş, ufka bakıyordu. Her iki taraflarındaki taşlı kıyılar öylesine sarptı ki, sanki çam ağaçları başlarının üzerinde asılı kalmıştı ve rüzgârın bir esişiyle devrilecek gibiydiler. Bu boş bir korku değildi, çünkü çorak vadi, aynı şekilde düşmüş ağaçlar ve kayalarla doluydu. Oradan geçerlerken kocaman bir kaya boğuk bir çatırtıyla kopup gelince sessiz geçitler yankılandı ve yorgun atlar korkudan dörtnala koşmaya başladılar.

Güneş yavaşça ufkun doğusundan yükselirken, yüksek dağların tepeleri birbiri ardına, kırmızı ve parlak bir hal alana kadar festivaldeki lambalar gibi aydınlandı. Bu muhteşem gösteri, üç kaçağın neşesini yerine getirip onlara yeni bir enerji verdi. Vadilerden birinden akan su kanalını görünce durup atlarına su içirdikten sonra hızlıca kahvaltı ettiler. Lucy ve babası daha da dinlenebilirlerdi ama Jefferson Hope acımasızdı. "Çoktan peşimize düşmüşlerdir," dedi. "Her şey hızımıza bağlı. Carson'a sağ salim vardıktan sonra hayatımızın sonuna kadar dinlenebiliriz."

Gün boyunca geçitlerden geçmek için mücadele ettiler. Akşam olunca düşmanlarından en az elli kilometre kazar uzaklaşmış olduklarını hesap ettiler. Geceleyin, kayaların buz gibi rüzgârdan az da olsa koruduğu sarp bir kayalığın dibini seçip ısınmak için birbirlerine sokularak birkaç saat uyudular. Gün ağarmadan önce uyanıp yeniden yola koyuldular. Takip edildiklerine dair hiçbir iz yoktu. Jefferson Hope, oklarını üstlerine çektikleri korkunç topluluğun ulaşamayacağı bir yerde olduklarını düşünmeye başlamıştı. Demirden elin ne kadar uzağa ulaşacağı ya da ne zaman onları yakalayıp tuzla buz edeceğini pek tahmin edemiyordu.

Kaçışlarındaki ikinci günün ortalarına doğru sınırlı erzakları tükenmeye başlamıştı. Bu durum avcıyı çok az rahatsız etmişti, çünkü birçok kez, hayatta kalabilmek için silahına güvenerek dağların arasında avlanmıştı. Arkadaşlarının ısınması için korunaklı bir kuytu seçip bir parça kuru dal toplayarak yaktı. Artık deniz seviyesinden neredeyse bir buçuk kilometre yüksekteydiler ve keskin soğuk iliklerine işliyordu. Atları bağlayıp Lucy'yle vedalaştıktan sonra tüfeğini omzuna atıp bahtına ne çıkarsa, aramaya koyuldu. Arkasına baktığında yaşlı adamla genç kızın yanan ateşin üzerine eğildiğini, üç hayvanın da arkada hareketsiz durduğunu gördü. Sonra araya giren kayalar onları gizledi.

Her ne kadar ağaç kabuklarındaki izlerden ve diğer işaretlerden burada sayısız ayının yaşadığını anlasa da, hiçbir ava rastlamadan vadiden vadiye birkaç kilometre boyunca yürüdü. İki-üç saat sonuçsuz bir şekilde yürüdükten sonra çaresizlik içinde geri dönmeyi düşünmeye başlamıştı ki, gözlerini yukarıya diktiğinde keyfi yerine geldi. Bir tepenin tam köşesinde, doksan-yüz metre kadar yukarısında, koyuna benzeyen ama bir çift devasa boynuzu olan bir hayvan gördü. Bu Kanada koyunu –cinsi buydu– muhtemelen, avcının o anda göremediği bir sürüye bekçilik ediyordu; ama neyse ki ters yöne doğru gidiyordu ve avcıyı fark etmemişti. Jefferson Hope yüz üstü yatıp tüfeğini bir kayaya dayayarak avına nişan aldı. Hayvan havaya sıçradı, bir süre uçurumun kenarında sendeledi, sonra aşağıdaki vadiye yuvarlandı.

Hayvan kaldırılamayacak kadar ağır olduğu için avcı bir butu ve böğrünün bir parçasını kesip almakla yetindi. Etleri omzuna alıp hızlı adımlarla geri dönüşe geçti, çünkü akşam çoktan çökmüştü bile. Tam o sırada onu bekleyen zorluğun farkına vardı. Bir hevesle tanıdığı vadilerin çok uzağına geçmişti ve geldiği yolun hangisi olduğunu bulmak pek kolay iş değildi. İçinde bulunduğu vadi birçok geçide bölünüyordu ve her biri birbirine öyle benziyordu ki, ayırt etmesi imkânsızdı. Bir buçuk kilometre ya da daha fazla bir mesafe boyunca geçitlerden birinden ilerledi ve en sonunda daha önce hiç görmediğinden emin olduğu su kanalıyla karşılaştı. Yanlış yola girdiğini anlayıp diğerini denedi ama yine başına aynı şey geldi. Gece hızla yaklaşıyordu ve en sonunda tanıdık bir yola girene kadar karanlık çökmüştü. O zaman bile doğru yolda kalabilmek zordu, çünkü ay henüz çıkmamıştı ve her iki taraftaki yüksek uçurumlar karanlığı daha da arttırıyordu. Yükünün altında ezilip bitkin düşen Jefferson Hope, attığı her adımla Lucy'ye daha da yaklaştığını ve taşıdığı avın yolculuklarının sonuna kadar yeteceğini kendine hatırlatarak cesaretini yitirmemeye çalıştı.

Artık onları bıraktığı geçidin ağzına gelmişti. Karanlıkta bile etrafını çevreleyen uçurumların sınırlarını tanıyabiliyordu. Onu endişe içinde beklediklerini düşünüyordu, çünkü neredeyse beş saattir yoktu. Geldiğini belli etmek için neşe içinde ellerini ağzına götürüp vadide yankılanması için bir ses çıkardı. Durup cevap bekledi. Kasvetli ve sessiz vadilerde çınlayan ve defalarca kulaklarında yankılanan kendi çığlığı dışında hiçbir şey duymamıştı. Bu kez daha yüksek sesle bağırdı ve yine kısa bir süre önce arkasında bıraktığı arkadaşlarından tek bir fısıltı bile gelmedi. Belli belirsiz, ne olduğunu çıkaramadığı bir korku sarmıştı içini. Değerli avını bırakıp endişe içinde hızla ilerledi.

Köşeyi döndükten sonra ateşi yaktığı noktaya vardı. Bir parça kül hâlâ için için yanıyordu ama belli ki gittiğinden beri hiç dokunulmamıştı. Etrafta aynı ölüm sessizliği hüküm sürüyordu. Korkularında haklı çıktığını görünce hızla ilerlemeye devam etti. Ateşin kalıntılarının yanında tek bir canlı bile yoktu; hayvanlar, adam, bakire, hepsi gitmişti. O yokken ani ve korkunç bir felaketin meydana geldiği çok açıktı; hepsini içine alan ve ardında iz bırakmayan bir felaketti bu.

Şaşkına dönen Jefferson Hope, başının döndüğünü hissedince düşmemek için tüfeğine yaslandı. Aslında anında harekete geçen bir adam olduğu için geçici zayıflığını üzerinden atarak hemen kendine geldi. İçin için yanan ateşten, tam yanmamış bir odun parçası alıp alevi körükledi ve küçük kamp alanlarını incelemeye başladı. Yerdeki at nalı izleri, kaçakları büyük bir atlı grubunun alıp götürdüğünü, izlerin yönü ise Salt Lake City'ye doğru yola koyulduklarını gösteriyordu. Acaba iki yol arkadaşını da almışlar mıydı? Jefferson Hope kendini buna hemen hemen ikna ettiği sırada, gözüne bütün bedenini titreten bir nesne takıldı. Kampın hemen yakınında, daha önceden kesinlikle orada olmayan kızıl bir toprak tepeciği oluşmuştu. Bunun yeni kazılmış bir mezar olduğuna hiç şüphe yoktu. Genç avcı mezara doğru yaklaştığında, üzerine bir sopa dikildiğini, sopanın ucundaki çatala da bir kâğıt iliştirildiğini gördü. Kâğıdın üzerindeki yazı kısa ama çarpıcıydı:

JOHN FERRIER,
ESKİ SALT LAKE CITY'Lİ,
4 Ağustos 1860'ta öldü.

Çok kısa bir süre önce ardında bıraktığı güçlü ve yaşlı adam ölmüş, ondan geriye bir tek bu yazı kalmıştı. Jefferson Hope ikinci bir mezar olup olmadığını görmek için etrafına çılgınca baktı ama hiçbir şey görmedi. Lucy, İhtiyar'ın oğlunun haremine katılarak kaderine boyun eğmesi için o korkunç takipçiler tarafından geri götürülmüştü. Genç avcı, Lucy'nin kaderinin kesinliğini ve bunu engelleyecek gücünün olmayışını idrak edince, yaşlı çiftçiyle o sessiz mezarda birlikte yatmış olmayı diledi.

Yine de dinç ruhu çaresizliğin rehavetini üzerinden atmayı başardı. Yapacak hiçbir şeyi olmasa bile, hiç değilse hayatını intikam almaya adayabilirdi. İnatçı bir sabır ve kararlılığın yanı sıra, Jefferson Hope, aynı zamanda aralarında yaşadığı Kızılderililerden öğrenmiş olabileceği, bitmek bilmez bir kinden beslenen güce sahipti. Terk edilmiş ateşin yanı başında dururken, kederini dindirebilecek tek şeyin, kendi elleriyle düşmanlarından alacağı adamakıllı ve eksiksiz bir intikam olduğunu düşündü. Güçlü iradesi ve tükenmeyen enerjisini bu sona adamaya karar vermişti. Sert ve kireç gibi bir suratla yemeği bıraktığı yere döndü, yeniden körüklediği ateşte birkaç gün yetecek kadar et pişirdi. Etleri çıkınına koydu ve yorgun bir şekilde dağların arasında intikam meleklerinin izini sürmeye başladı.

Beş gün boyunca, daha önce at sırtında geldiği vadileri ayaklarına kara sular ininceye kadar yürüdü. Gece olunca kayaların arasına sığınıp birkaç saat uyudu; ama gün ağarmadan önce yine yola koyuluyordu. Altıncı gün, talihsiz kaçışlarına başladıkları Eagle Kanyonu'na varmıştı. Oradan azizlerin ülkesine baktı. Yorgun ve bitik durumdaydı, tüfeğine yaslanıp zayıf elini öfke içinde altında uzanan şehre doğru salladı. Şehre bakarken en önemli caddelerden bazılarına bayrakların asıldığını gördü. Daha birçok şölen işareti gözünden kaçmamıştı. Bunun ne olabileceğini düşünürken, aniden at toynaklarının tıkırtısını duydu ve ona doğru yaklaşan adamı gördü. Gelenin, Cowper adındaki bir Mormon olduğunu fark etti. Hope, çeşitli zamanlarda ona hizmet etmişti. Lucy'nin başına neler geldiğini öğrenebilmek için adama yaklaşıp selam verdi.

"Ben Jefferson Hope'um," dedi. "Hatırlarsın."

Mormon, şaşkınlığını gizleyemeyerek ona baktı. Bu hırpani, derbeder görünümlü, kireç gibi beyaz ve sert yüzlü, öfkeli bakışlı adamın eski günlerin temiz giyimli, genç avcısı olduğuna inanmak çok zordu. En sonunda onun kim olduğunu çıkarınca, şaşkınlığı katbekat arttı.

"Buraya gelmek için delirmiş olman gerek," dedi adam.

"Seninle konuştuğumu gören olursa beni bile öldürürler. Ferrier'lerin kaçmasına yardım ettiğin için Kutsal Dörtlü senin hakkında karar çıkarttı."

"Onlardan da, kararlarından da korkmuyorum," dedi Hope, ciddi bir tavırla. "Bu konuda bir şeyler biliyorsundur, Cowper. Birkaç sorumu cevaplarsan sana minnettar kalırım. Biz hep iyi dost olduk. Tanrı aşkına, cevap vermeyi reddetme."

"Ne oldu?" diye sordu Mormon, huzursuzluk içinde. "Çabuk ol. Yerin kulağı vardır, derler."

"Lucy Ferrier'e ne oldu?"

"Dün genç Drebber'la evlendirildi. Dur, dostum, dayan, hiç halin kalmamış."

"Beni boş ver," dedi Hope, güçsüz bir şekilde. Dudakları bembeyaz kesilmişti ve yaslandığı taşın dibine çökmüştü. "Evlendi, ha?"

"Dün evlendi; vakıftaki bayraklar o yüzden. Genç Drebber ile genç Stangerson arasında, Lucy'yle kimin evleneceğine dair bir tartışma oldu. İkisi de peşinizden gelen gruptalardı ve Stangerson kızın babasını vurdu, bu da ona Lucy'yle evlenmesi için hak kazandırmış oldu; ama bu konuyu mecliste görüştüklerinde, Drebber'ın destekçileri daha güçlü olduğu için Peygamber kızı ona vermiş. Ama kimsenin onunla uzun bir süre geçirebileceğini sanmıyorum, çünkü dün yüzünde ölümü gördüm. Bir kadından çok hayalete benziyordu. Gidecek misin peki?"

"Evet, gideceğim," dedi, oturduğu yerden kalkan Jefferson Hope. Gözleri nefret dolu bir şekilde parlarken, semsert ifadesi yüzünü mermerden yontulmuş gibi gösteriyordu.

"Nereye gidiyorsun?"

"Boş ver," diye cevapladı. Silahını omzuna atıp geçitten aşağıya doğru, dağların merkezinden ve vahşi hayvanların yuvasından geçerek yol aldı. Hiçbir hayvan onun kadar öfkeli ve tehlikeli olamazdı.

Mormon'un tahmini isabetliydi. Babasının korkunç ölümünün ya da yapmaya zorlandığı nefret dolu evliliğin etkisi altında kalan zavallı Lucy, başını bir daha asla kaldıramadı ve için için eriyerek bir ay içinde öldü. Evlenmekteki en büyük nedeni John Ferrier'in mallarına konabilmek olan ayyaş kocası, karısının ölümü nedeniyle pek acı çekmedi; ama Mormon geleneklerine göre diğer karıları yas tutup gömülmeden önceki gece hiç uyumadılar. Sabah erken saatlerde, tabutun etrafında toplandıkları sırada kapı açıldı ve içeri hırpani görünümlü, paspal giysiler içindeki hırpalanmış bir adam girdi. Korkudan ağızları açık kalmış, şaşkına dönmüşlerdi. Adam dehşete kapılan kadınlara gözünün ucuyla bile bakmayıp tek kelime etmeden, bir zamanlar Lucy'nin tertemiz ruhunu barındıran beyaz ve sessiz bedene doğru yürüdü. Eğilip saygılı bir şekilde dudaklarını buz kesmiş alnına bastırdıktan sonra elini tutup parmağındaki evlilik yüzüğünü çıkardı. "Bununla gömülmemeli," dedi, öfke içinde homurdanarak. Bir yaygara kopmasına fırsat vermeden merdivenlerden inip kayboldu. Sahne o kadar tuhaf ve kısaydı ki, izleyenler, gelin olduğunu gösteren altın yüzük ortadan inkâr edilemez bir şekilde kaybolmamış olsaydı, ne gözlerine inanabilirler ne de kimseyi böyle bir şeyin yaşandığına ikna edebilirlerdi.

Jefferson Hope, birkaç ay boyunca dağların arasında dolandı, tuhaf ve vahşi bir yaşam sürdü ve onu ele geçiren intikam duygusunu besleyip durdu. Şehirde, tuhaf görünümlü birinin taşralarda dolaştığına ve yalnız dağ geçitlerini mesken tuttuğuna dair söylentiler yayılmıştı. Bir keresinde Stangerson'ın penceresinden içeri bir mermi girip yalnızca birkaç santimetrelik farkla duvara çarpmıştı. Başka bir sefer ise, Drebber bir uçurumun aşağısından geçerken kocaman bir kaya üzerine doğru yuvarlanmış, Drebber kendini yüz üstü yere atarak korkunç bir ölümden kurtulmuştu. İki genç Mormon, hayatlarına kasteden bu girişimlerin nedenini bulmakta zorlanmamışlar, düşmanı yakalama ya da öldürme umuduyla defalarca dağlarda gezinmiş ama başarıya ulaşamamışlardı. Sonra geceleyin ya da tek başına dışarı asla çıkmamaya karar verdiler ve evlerine de gözcüler diktiler. Bir süre sonra, düşmanlarının hiçbir şey yapmadığını görerek aldıkları bu tedbirleri biraz hafiflettiler. Adamın bu kez intikam almaktan vazgeçmiş olmasını umuyorlardı.

Ne var ki, Jefferson Hope intikamından vazgeçmek şöyle dursun, iyice bilenmişti. Avcının aklı sert ve inatçıydı. Baskın intikam fikri onu öylesine ele geçirmişti ki, başka herhangi bir duyguya yer kalmamıştı. Yine de gerçekçi bir adamdı. Kısa süre sonra, güçlü yapısının bile kendini maruz bıraktığı kesintisiz baskıya dayanamayacağını fark etti. Barınma ve sağlıklı yemek ihtiyacı onu tüketiyordu. Dağların arasında bir köpek gibi ölürse, intikamı ne olacaktı? Üstelik böylesi bir ölümün, ısrar ederse kaçınılmaz olacağı da kesindi. Bunun düşmanının ekmeğine yağ süreceğini hissedip, hiçbir engele takılmadan amacına ulaşmak için sağlığına kavuşup para kazanmak üzere eski Nevada madenlerine gönülsüz de olsa geri döndü.

Amacı bir yıl kadar ortalıkta görünmemekti ama öngöremediği bazı durumlar yüzünden yaklaşık beş yıl madenlerde çalışmak zorunda kaldı. Bu sürenin sonunda hatalarının ve intikam arzusunun hatırası, en az John Ferrier'in mezarı başında dikildiği unutulmaz geceki kadar tazeydi. Kılık ve isim değiştirerek Salt Lake City'ye geri döndü. Hayatı pahasına bile olsa adaletin yerini bulmasını sağlayacaktı. Ama onu berbat haberler bekliyordu. Seçilmiş İnsanlar'ın arasında birkaç ay önce bir bölünme yaşanmıştı. Kilisenin daha genç üyelerinden bazıları İhtiyarlar'ın otoritesine karşı gelmişlerdi ve memnuniyetsiz olanların belli bir kısmı bu gruptan ayrılarak Utah'ı terk etmiş ve centil olmuştu. Bunların arasında Drebber ve Stangerson da vardı ve kimse nereye gittiklerini bilmiyordu. Dedikodulara göre Drebber, mal varlığının büyük bir kısmını paraya çevirmeyi başarmış ve zengin bir adam olarak oradan ayrılmıştı. Arkadaşı Stangerson ise ona kıyasla fakirdi. Nerede olduklarına dair hiçbir ipucu yoktu.

Kin tutan herkes, böylesi bir zorluk karşısında intikam isteğinden vazgeçebilirdi ama Jefferson Hope bir an bile tereddüt etmedi. Çalışarak biriktirdiği az miktardaki parasıyla düşmanlarının peşine düşüp kasaba kasaba gezerek, Birleşik Devletler'in altını üstüne getirdi. Yıllar yılları kovaladı, siyah saçlarına aklar düştü ama yine de hayatını adadığı amacından hiç sapmadan, tıpkı bir av köpeği gibi iz sürdü. En sonunda sabrının meyvesini alacaktı. Gördüğü tek şeyin pencereden bakan bir yüz olmasına rağmen, aradığı adamların Ohio, Cleveland'da olduğunu hemen anlamıştı. Sefil pansiyonuna, enikonu hesaplanmış intikam planıyla birlikte döndü. Pencereden bakan Drebber'ın sokaktan geçen berduşu tanıyıp gözlerindeki cinayeti okuması, bir tesadüften ibaretti. Alelacele, özel sekreteri olan Stangerson'la birlikte bir sulh hâkiminin karşısına geçip, eski düşmanlarının kıskançlığı ve öfkesi nedeniyle, hayatlarının tehlikede olduğunu söyledi. O akşam Jefferson Hope gözaltına alındı ve kefaleti denkleştiremediği için birkaç hafta boyunca orada tutuldu. En sonunda özgür kaldığında ise, Drebber'ın evinin boşaltıldığını ve sekreteriyle birlikte Avrupa'ya kaçtığını öğrendi.

İntikam almak isteyen avcının önüne yeniden engeller çıkmıştı ve yoğunlaşan öfkesi, onu peşlerini bırakmamaya zorluyordu. Paraya ihtiyacı vardı ve bir süreliğine işe geri dönerek kazandığı parayı yaklaşan yolculuk için kuruşu kuruşuna biriktirdi ve en sonunda Avrupa'ya gitmeyi başardı. En vasıfsız işlerde bile çalışarak para kazandı ve düşmanlarının izini şehir şehir sürdü. Ama kaçaklardan hiç haber yoktu. St. Petersburg'a vardığında onlar Paris'e gitmişlerdi; peşlerine düştüğünde ise Kopenhag'a kaçtıklarını öğrendi. Danimarka'nın başkentine yine birkaç gün geç varmıştı, çünkü düşmanları çoktan Londra'ya gitmişti. İşte Jefferson Hope, onları o şehirde yakalamayı başardı. Orada neler olduğuna gelince, bu konuda Dr. Watson'ın minnet duyduğumuz günlüğüne yazdıklarından daha fazlasını bilmiyoruz.

6

DR. JOHN WATSON'IN HATIRALARININ DEVAMI

Tutuklumuzun öfke içinde direnmesi, belli ki bize karşı değildi, çünkü güçsüzlüğünün farkına varınca içten bir şekilde gülümseyip, boğuşurken aramızdan birine zarar vermediğini umduğunu söyledi. "Sanırım beni polis merkezine götüreceksiniz," dedi Sherlock Holmes'e. "Arabam kapıda. Bacaklarımı açarsanız kendim binerim. Eskisi kadar hafif değilim."

Bunun cüretkâr bir teklif olduğunu düşünen Gregson ve Lestrade, birbirlerine baktılar; ama Holmes adamın dediğini yaparak bileklerini bağladığımız havluyu gevşetti. Adam kalkıp bacaklarını gerdi, sanki yeniden özgür kaldıklarından emin olmak ister gibi bir hali vardı. Ona bakarken kendi kendime, bu denli güçlü yapılı çok az insan gördüğümü düşündüğümü hatırlıyorum; güneşte yanmış esmer yüzünde kararlılık ve en az kişisel gücü kadar muhteşem bir enerji ifadesi vardı.

"Eğer bir polis şefine ihtiyaç varsa, bu kesinlikle siz olmalısınız," dedi, ev arkadaşıma gizlemediği bir hayranlıkla bakarken. "İzimi temkinli bir şekilde buldunuz."

"Benimle gelseniz iyi olur," dedi Holmes, iki dedektife.

"Sizi ben götürebilirim," dedi Lestrade.

"Güzel! Gregson da benimle birlikte içeriye binebilir. Siz de, Doktor, vakayla yakından ilgilendiniz, bizimle gelebilirsiniz."

Neşe içinde kabul ettikten sonra hepimiz birlikte aşağı indik. Tutuklumuz kaçmaya hiç yeltenmeden, eskiden kendisine ait olan arabaya sakince bindi ve biz de arkasından bindik. Lestrade sürücü koltuğuna oturup atı kamçıladı ve kısa süre içinde gideceğimiz yere bizi ulaştırdı. Girdiğimiz küçük odadaki polis memuru, tutuklumuzun ve ölümlerinden sorumlu olduğu adamların adlarını yazdı. Bembeyaz suratlı, duygusuz bir adamdı. Donuk ve mekanik bir şekilde çalışıyordu. "Tutuklu, hafta içinde mahkemeye çıkarılacak," dedi. "O sırada, Bay Jefferson Hope, sizin söylemek istediğiniz bir şey var mı? Söyleyeceklerinizin kayıt altına alınacağı ve aleyhinizde delil olarak kullanılabileceği konusunda sizi uyarayım."

"Söyleyecek çok şeyim var," dedi tutuklumuz usulca. "Beyler, size bu konudan bahsetmek istiyorum."

"Bunu mahkemeye saklasanız daha iyi olmaz mı?" diye sordu polis memuru.

"Hiçbir zaman yargılanmayabilirim," diye cevapladı. "Şaşkın şaşkın bakmayın. İntihar etmeyi düşünmüyorum. Siz doktor musunuz?" Bu son soruyu sorarken, keskin ve koyu renkli gözlerini bana doğru çevirmişti.

"Evet, doktorum," diye cevapladım.

"O zaman elinizi şuraya koyun," dedi gülümseyip, kelepçeli bilekleriyle göğsünü işaret ederek.

Koydum ve birden içerideki olağandışı zonklamayla heyecanı fark ettim. Göğsünün duvarları, derme çatma bir binanın içinde güçlü bir makine çalışıyormuş gibi titriyordu. Odanın sessizliğinde, aynı kaynaktan çıkan donuk uğultuyla vızıltıyı duyabiliyordum.

"Tanrım," diye bağırdım. "Aort anevrizması geçiriyorsunuz!"

"Evet, öyle diyorlar," dedi, uysal bir tavırla. "Geçen hafta bu yüzden doktora gittim ve adam bana çok geçmeden damarların patlayacağını söyledi. Yıllardır kötüleşiyordu. Salt Lake dağlarında çok uzun süre evsiz ve gıdasız kaldığım için oldu. Artık işim bittiğine göre ne zaman öleceğim umurumda değil ama yaptıklarıma bir açıklama getirmeliyim. Sıradan bir katil olarak hatırlanmak istemem."

Polis memuru ve iki dedektif, hikâyesini anlatmasında herhangi bir sakınca olup olmadığına dair küçük bir tartışma yaşadılar.

"Doktor, sizce acil bir tehlike var mı?" diye sordu polis memuru.

"Kesinlikle var," diye cevapladım.

"Bu durumda adaletin yerini bulması adına ifadesini almak bizim görevimizdir," dedi polis memuru. "İfadenizi vermekte özgürsünüz, efendim, ama kayıt altına alınacağını size hatırlatırım."

"İzin verirseniz oturacağım," dedi tutuklu, dediğini yaparak. "Bu anevrizma beni hemen yoruyor ve yarım saat önce yaşadığımız boğuşma işleri daha da zorlaştırdı. Artık ölümün eşiğindeyim ve size yalan söyleyecek değilim. Söylediğim her söz, mutlak gerçektir ve bunu nasıl kullanacağınızın benim için hiç önemi yok."

Jefferson Hope, bunları söyledikten sonra arkasına yaslanıp ilginç ifadesini vermeye başladı. Anlattığı olaylar sıradanmış gibi, sakin ve tane tane konuşuyordu. Lestrade'ın not defterini sonradan ele geçirdiğim için, adamın anlattıklarını hiç çarpıtmadan, harfi harfine yazdığını teyit edebilirim.

"Bu adamlardan neden nefret ettiğimin sizin için pek önemi yok," dedi. "İki insanın –bir babayla kızının– ölümünden sorumlu olmaları geçerli bir nedendi ve bu yüzden kendi canlarından oldular. Zaman aşımı nedeniyle, herhangi bir mahkemede aleyhlerinde suç duyurusunda bulunamazdım. Ben onların suçunu biliyordum ve hem yargıç, hem jüri, hem de cellat olmaya karar verdim. Sizin de cesaretiniz olsaydı, siz de benim yerimde olsaydınız, aynısını yapardınız.

"Bahsettiğim kızla yirmi yıl önce evlenecektim. Ama kızı Drebber'la evlenmeye zorladıkları için kederinden öldü. Cansız parmağındaki evlilik yüzüğünü alıp bir söz verdim; o adamın ölürken gözleri bu yüzüğe ilişecekti ve aklından geçen son şey, işlediği suç yüzünden cezalandırıldığı olacaktı. Yüzüğü hep yanımda taşıdım ve Drebber ile suç ortağını yakalayana kadar iki kıta üzerinde takip ettim. Gücümü tüketmeye çalışsalar da bunu başaramadılar. Yarın ölürsem, ki bu çok muhtemel, bu dünyadaki işimin bittiğini bilerek öleceğim. Benim tarafımdan cezalandırıldılar. Artık umacağım ya da arzu edeceğim hiçbir şey kalmadı.

"Onlar zengin, ben ise fakirdim, bu yüzden onları takip etmek hiç kolay olmadı. Londra'ya vardığımda cebimde beş kuruşum yoktu ve para kazanmak için çalışmak zorundaydım. Atlı araba kullanmak ve ata binmek benim için yürümek kadar doğaldı, o yüzden bir arabacılık ofisine başvurdum ve kısa süre içinde de işe alındım. Arabanın sahibine haftada bir, belli miktar para getirecektim ve artanı da kendime saklayacaktım. Arttığı pek söylenemezdi ama yine de başımın çaresine bakmayı bildim. İşin en zor kısmı yolları bulmaktı, çünkü çözdüğüm labirentlerin arasında en karmaşık olanı, bu şehir. Yanımda bir harita vardı ve en önemli oteller ile istasyonları işaretledikten sonra üstesinden geliyordum.

"Bir süre sonra o iki hergelenin nerede yaşadıklarını öğrendim; ama öğrenene kadar epey sorup soruşturmam gerekmişti. En sonunda onlarla karşılaştım. Nehrin öteki tarafında, Camberwell'deki bir pansiyondaydılar. Artık izlerini bulduğum için, her şey benim merhametime kalmıştı. Sakallarım uzamıştı ve beni tanımaları olanaksızdı. Bir pundunа getirene kadar peşlerinden ayrılmayacaktım. Elimden bir kez daha kaçırmamaya kararlıydım.

"Yine de kaçmaya çok yakınlardı. Londra'da gittikleri her yere gidiyordum, sürekli enselerindeydim. Bazen onları arabamla takip ediyor, bazen de yayan olarak peşlerine düşüyordum ama araba en iyisiydi, çünkü o zaman benden uzaklaşamıyorlardı. Yalnızca sabahın erken saatlerinde ya da gece geç saatlerde para kazanabildiğim için, patronumla ters düşmeye başladım. Ama istediğim adamlara yaklaştığım sürece umurumda değildi.

"Ama çok kurnazdılar. Takip edildiklerinden şüphelenmiş olacaklar ki, dışarıya hiç yalnız çıkmıyorlardı, hele gece olduktan sonra hiç görünmüyorlardı. İki hafta boyunca hep arkalarındaydım ve birbirlerinden ayrıldıklarını hiç görmedim. Drebber çoğu zaman sarhoştu ama Stangerson hiç gafil avlanmıyordu. Bütün gün onları takip etmeme rağmen elime hiç fırsat geçmemişti; yine de cesaretimi yitmedim, çünkü bir şey bana zamanın gelmek üzere olduğunu söylüyordu. Tek korkum, göğsümdeki bu şeyin erkenden patlaması ve işimin yarım kalmasıydı.

"En sonunda, bir akşam yaşadıkları Torquay Terrace'ta gezinirken kapılarına bir arabanın yanaştığını gördüm. Dışarıda bekleyen bir bavul vardı. Drebber ile Stangerson da bir süre sonra evden çıkarak arabaya bindiler. Atımı kamçılayıp peşlerine düştüm. Kendimi çok huzursuz hissediyordum, çünkü oturdukları yeri değiştirmelerinden korkuyordum. Euston İstasyonu'na vardıklarında atımı bir çocuğa emanet edip onları perona kadar takip ettim. Liverpool trenini sorduklarını ve biletçinin trenin az önce kalktığını söylediğini duydum. Üstelik bir sonrakine daha saatler vardı. Stangerson bu durum karşısında telaşlanmış görünse de, Drebber'ın keyfi yerinde gibiydi. Bu koşuşmanın içinde onlara o kadar yaklaşmıştım ki, aralarında geçen her sözü duyabiliyordum. Drebber yapacak küçük bir işinin olduğunu ve beklerse hemen yanına döneceğini söyledi. Arkadaşı buna karşı çıkıp ona bu sorunu birbirlerinden ayrılmayarak çözdüklerini hatırlattı. Drebber konunun hassas olduğunu ve yalnız başına gitmesi gerektiğini söyledi. Stangerson'ın cevap olarak ne söylediğini duyamasam da, Drebber küfürler savurdu ve Stangerson'ın onun yalnızca maaşlı hizmetçisi olduğunu ve ona ne yapması gerektiğini söyleyemeyeceğini hatırlattı. Bunu duyan sekreteri, bu ısrarından vazgeçip treni kaçırdığı takdirde Halliday's Oteli'nde buluşabileceklerini söyledi; Stangerson buna, saat on birden önce peronda olacağını söyleyerek karşılık verdikten sonra istasyondan ayrıldı.

"Beklediğim an artık gelmişti. Düşmanlarım gözümün önündeydi. Birlikteyken birbirlerini koruyabilirlerdi ama tek başlarınayken benim insafıma kalacaklardı. Yine de aceleci davranmadım. Planlarımı çoktan kafamda şekillendirmiştim. Kurbanın ona saldıranın kim olduğunu ve bunun başına neden geldiğini anlayacak zamanı olmazsa, intikam almanın da hiçbir zevki kalmaz. Ben de planlarımı, beni sırtımdan vuran kurbanımın bu eski günahının dönüp dolaşıp onu bulduğunu anlamasına zaman tanıyacak şekilde yaptım. Tesadüfen birkaç gün önce Brixton Yolu'nda ev bakan bir beyefendi evlerden birinin anahtarını arabamda düşürmüştü. Aynı akşam anahtarını geri aldı; ama o aradaki boşlukta anahtarın kalıbını çıkarıp kopyasını çıkarttım. Böylece en azından bu şehirde rahatsız edilmeden girebileceğim bir yerim olacaktı. Drebber'ı bu eve nasıl sokacağım ise, çözmem gereken önemli bir sorundu.

"Drebber yol üstünde ilerleyip iki meyhaneye girdi ve sonuncusunda yarım saat kaldı. Dışarı çıktığında sendeliyordu ve belli ki epey sarhoştu. Önümdeki atlı arabaya el işareti yaptı. Onları o kadar yakından takip ettim ki, yol boyunca atımın burnu arabacıdan yalnızca birkaç metre kadar uzağındaydı. Waterloo Köprüsü'nden geçtik ve caddelerde kilometrelerce ilerledik. En sonunda hiç beklemediğim bir anda, kendimizi terk ettiği pansiyonun bulunduğu Terrace'ta bulana kadar. Buraya geri dönmesinin amacını anlayamamıştım; ama devam ettim ve arabamı evden yaklaşık yüz metre uzakta durdurdum. Drebber eve girdi ve arabacı da uzaklaştı. Bana bir bardak su verebilir misiniz? Konuşmaktan ağzım kurudu."

Uzattığım suyu kana kana içti.

"Daha iyiyim," dedi. "On beş dakika kadar bekledikten sonra evin içinden boğuşma sesleri duyuldu. Sonrasında kapı açıldı ve iki adam belirdi. Biri Drebber'dı, diğeri ise daha önce hiç görmediğim genç bir adamdı. Adam Drebber'ın yakasına yapışmıştı. Basamakların en üstüne geldiklerinde öyle bir itekleyip tekmeledi ki, Drebber yola doğru yuvarlandı. 'Seni köpek,' diye bağırdı, bastonunu ona doğru sallarken; "Sana dürüst bir kıza hakaret etmenin ne demek olduğunu öğreteceğim!' O kadar sinirliydi ki, Drebber sendeleyerek bacaklarının izin verdiği kadar uzağa kaçmış olmasaydı, bastonuyla canına okuyacağını düşündüm. Köşeye kadar koşup arabamı görünce işaret ederek içeri atladı. 'Beni Halliday's Oteli'ne götür,' dedi.

"Arabama bindikten sonra keyfim o kadar yerine gelmişti ki, son dakikada anevrizma geçirmekten korktum. Yavaşça ilerlerken aklımda yapılacak en iyi şeyin ne olduğunu düşündüm. Onu şehir dışına çıkarıp oradaki ıssız bir yolda son konuşmamı yapabilirdim. Tam bu kararı vermişken, sorunumu kendisi çözdü. Yeniden içkiye susamıştı ve cin içmek için barın kenarına çekmemi istedi. Bara girmeden önce onu beklememi söyledi. Bar kapanana kadar orada kaldıktan sonra dışarı çıktığında o kadar sarhoştu ki, artık sıranın bende olduğunu anladım.

"Onu soğukkanlılıkla öldürme niyetinde olduğumu sanmayın. Öyle yapsaydım, yalnızca acımasız adalet yerini bulmuş olacaktı, ama ben bunu yapamazdım. Uzun zaman önce ona yaşaması için bir şans tanıma kararı almıştım. Gezgin hayatım boyunca Amerika'da yaptığım işler arasında York Üniversitesi'nin laboratuvarında hademe olarak da çalıştım. Bir gün profesör zehirlerle ilgili bir ders veriyordu ve bu sırada öğrencilerine alkaloit adında bir şey gösterdi. Alkaloit, Güney Amerika'daki zehirli bir oktan çıkarmıştı ve bu zehir öylesine güçlüydü ki, en küçük zerresi bile insanı anında öldürüyordu. Bu karışımın durduğu şişeyi aklıma yazdım. Herkes sınıftan çıktıktan sonra şişeden biraz aldım. İlaçlardan iyi anlıyordum, o yüzden alkaloidi küçük, çözünebilir iki hap haline getirdim ve her hapı benzer görünümlü zehirsiz bir hapla birlikte iki ayrı kutuya koydum. Elime fırsat geçtiğinde, adamların kutunun içindekilerden birini seçmesine izin verecek, kalanını da ben yutacaktım. Tereyağından kıl çeker gibi olacaktı ve yine çok ölümcül bir yöntem olan mendile sarılmış namluyu ateşlemekten daha sessizdi. O günden itibaren hap kutularımı hep yanımda taşıdım ve artık onları kullanmanın zamanı gelmişti.

"Saat bire yaklaşıyordu. Sert, kasvetli bir geceydi ve bardaktan boşanırcasına yağmur yağıyordu. Dışarısı ne kadar iç karartıcıysa, içim de o kadar rahattı; hatta sevinçten çığlık atacak gibiydim. Aranızda kafasına bir şeyi koyup yirmi yıllık upuzun bir süre boyunca onun için çabalayan ve sonra aniden bu şeyi karşısında gören biri varsa, ne hissettiğimi anlar. Sinirlerimi yatıştırmak için bir puro yakıp içtim ama ellerim titriyordu ve şakaklarım heyecandan zonkluyordu. Arabayı sürerken yaşlı John Ferrier ile tatlı Lucy'nin karanlığın içinden bana bakıp gülümsediklerini, tıpkı şu odanın içinde sizi gördüğüm kadar belirgin bir şekilde görmüştüm. Brixton Yolu'ndaki eve gidene kadar hep gözümün önünde, atın her iki yanındaydılar.

"Her yerde in cin top oynuyor, yağmurun şıpırtısından başka bir ses de duyulmuyordu. Arabanın penceresinden içeri baktığımda, Drebber'ın sarhoşluktan sızıp kaldığını gördüm. Kolundan tutup silkerek, 'Artık inebilirsin,' dedim.

" 'Pekâlâ, arabacı,' dedi.

"Sanırım bahsettiği otele geldiğimizi sanmıştı, çünkü tek

kelime etmeden dışarı çıktı ve bahçeye doğru ilerlerken beni takip etti. Düşmemesi için yanında yürümem gerekiyordu, çünkü hâlâ ayılamamıştı. Kapıyı açıp onu ön odaya aldım. Size yemin ederim, tüm bu süre boyunca baba ve kızı önümüzde yürüyordu.

" 'Burası zifiri karanlık,' dedi, ayağını yere vurarak.

" 'Birazdan aydınlanacak,' dedim, bir kibrit çıkarıp yanımda getirdiğim mumu yakarken. 'Şimdi, Enoch Drebber,' diye devam ettim yüzümü ona dönüp ışığı yüzüme doğru tutarak, 'kimim ben?'

"Uykulu, sarhoş gözlerle bir an bana baktığında içlerindeki korkuyu gördüm. Yüzünü öyle bir buruşturdu ki, beni tanıdığını anladım. Öfke içinde arkaya doğru sendelediğinde alnının boncuk boncuk terlediğini, dişlerinin birbirine çarptığını gördüm. Bunu görünce sırtımı kapıya yaslayıp uzun uzun, gürültülü bir şekilde güldüm. İntikamın çok tatlı olacağını hep biliyordum ama neşemin bu kadar yerinde olacağını hiç ummamıştım.

" 'Seni köpek!' dedim. 'Salt Lake City'den St. Petersburg'a kadar sizi takip ettim ama elimden kurtulmayı başardınız. Artık gezilerin sona erdi, ikimizden biri yarın güneşin doğuşunu göremeyecek.' Ben konuşurken o daha da geriye kaçtı. Yüzünden delirdiğimi düşündüğünü okuyabiliyordum. Gerçekten de o sırada delirmiş gibiydim. Şakaklarımdaki nabız balyoz gibi çarpıyordu ve kan burnumdan boşalarak beni rahatlatmış olmasaydı, fenalık geçirebilirdim.

" 'Şu anda Lucy Ferrier için ne düşünüyorsun?' diye bağırdım, kapıyı kilitleyip anahtarı gözünün önünde sallayarak. 'Cezanın dönüp dolaşıp seni bulması uzun sürdü ama en sonunda sana yetişti." Ben konuşurken ödlek dudaklarının titrediğini gördüm. Canını bağışlamam için ayaklarıma kapanabilirdi ama bunun bir işe yaramayacağını biliyordu.

" 'Beni öldürecek misin?' diye kekeledi.

" ' Öldürmek falan yok,' diye cevapladım. 'Kim delirmiş bir köpeği öldürmek ister ki? Onu öldürülen babasından çekip alarak lanet olası, utanmaz haremine sokarken zavallı sevgilime merhamet ettin mi?'

" 'Babasını ben öldürmedim,' diye bağırdı.

" 'Ama onun masum kalbini sen kırdın,' diye haykırıp ilaç kutusunu çıkardım. 'Ulu Tanrı adaletini sağlasın. Birini seç ve yut. İkisinden birinde ölüm var. Diğerini de ben yutacağım. Bakalım dünyada adalet var mıymış, yoksa şansla mı yönetiliyormuşuz."

"Haykırıp merhamet dileyerek geriye doğru kaçtı ama bıçağımı çıkarıp dediğimi yapana kadar boynuna dayadım. Sonra diğerini yuttum ve sessizce bir-iki dakika yüz yüze durarak kimin yaşayacağını, kimin öleceğini görmek için bekledik. İlk uyarının ona zehrin sistemine nüfuz ettiğini söylediğinde yüzüne yerleşen o ifadeyi nasıl unutabilirim? Bunu görünce gülüp Lucy'nin evlilik yüzüğünü gözlerinin önüne doğru uzattım. Ama bu çok kısa sürdü, çünkü alkaloit etkisini çok hızlı gösterdi. Yüz hatları acı dolu bir spazmla kasıldı; ellerini uzattı, sendeledi ve sonra boğuk bir sesle bağırarak yere yığıldı. Onu ayağımla sırt üstü çevirip elimi kalbine koydum. Hareket yoktu. Ölmüştü!

"Burnumdan kan boşanıyordu ama farkında bile değildim. Bu kanla duvara yazı yazmak aklıma nereden geldi, bilmiyorum. Belki de polisi şaşırtmak için şeytani bir fikre ihtiyaç duymuştum, çünkü kendimi hafiflemiş ve neşeli hissediyordum. New York'ta, cesedinin üzerinde RACHE yazısıyla bulunmuş bir Alman'ı hatırladım. O sıralarda gazetelerde bu cinayeti gizli örgütlerin yaptığı tartışılmıştı. Sanırım bu, New Yorkluların aklını karıştırdığı kadar, Londralıların aklını da karıştırabilirdi. O yüzden parmağımı kendi kanıma daldırıp duvarın uygun bir yerine yazdım. Sonra arabama doğru yürüdüm. Ortalıkta kimse yoktu ve hava hâlâ çok sertti. Bir süre arabayla ilerledikten sonra elimi normalde Lucy'nin yüzüğünün durduğu cebime soktum ve yüzüğün orada olmadığını gördüm. Başımdan aşağıya kaynar sular boşanır gibi oldu, çünkü ondan tek hatıra buydu. Yüzüğü Drebber'ın üzerine eğildiğimde düşürmüş olabileceğimi düşünerek geri döndüm ve arabayı bir ara sokağa bırakarak cesurca eve doğru ilerledim, çünkü yüzüğü bulmak pahasına her şeyi göze alabilirdim. Eve vardığımda dışarı çıkan bir polis memuruyla burun buruna geldim ve şüphelenmemesi için yapabileceğim tek şey, sarhoş taklidiydi.

"Enoch Drebber'ın ölümü bu şekilde gerçekleşti. Artık aynısını Stangerson'a da yaparak John Ferrier'nin intikamını almış olacaktım. Halliday's Oteli'nde kaldığını biliyordum. Bütün gün oralarda dolanmış, ama onunla hiç karşılaşmamıştım. Drebber'ın ortadan kaybolmasından sonra bir şeylerden şüphelenmiş olabilirdi. Kurnaz bir adamdı ve her zaman tetikteydi. Eğer beni dışarı çıkmayarak alt edebileceğini düşündüyse, çok yanılmıştı. Kısa süre sonra yatak odasının penceresinin hangisi olduğunu öğrenip ertesi sabah erkenden otelin arkasındaki yolda duran merdiveni alarak şafak sökmeden odasına girdim. Onu uyandırıp çok uzun süre önce aldığı canın hesabını verme zamanının geldiğini söyledim. Ona Drebber'ın ölümünden söz edip zehirli hap seçeneğini sundum. O ise hayatta kalma şansını denemek yerine, yatağından fırlayıp boğazıma yapıştı. Kendimi korumak için bıçağımı kalbine sapladım. Haplardan birini içseydi de sonuç değişmezdi, çünkü kader onun suçlu elinin zehir dışında bir şeyi seçmesine izin vermezdi.

"Söyleyecek çok az şeyim kaldı ve zaten gücüm tükenmek üzere. Amerika'ya dönebilmek üzere gereken parayı biriktirmek için birkaç gün arabacılığa devam ettim. Tam meydanda dururken hırpani görünümlü bir genç yanıma yaklaşıp, Jefferson Hope adında bir arabacı tanıyıp tanımadığımı sordu ve arabayı Baker Sokağı, 221B numaradan bir beyefendinin çağırdığını söyledi. Hiçbir şeyden şüphelenmeyerek verilen adrese gittim ve sonrasında bu genç adam, o güne dek hiç görmediğim bir kıvraklıkla bileklerime kelepçeyi takarak beni yakaladı. İşte bütün anlatacaklarım bu kadar, beyler. Beni bir katil olarak görebilirsiniz; ama ben de aslında sizler gibi adaletin bir bekçisiyim."

Adamın anlattıkları öyle nefes kesici, tavırları öyle etkileyiciydi ki, herkes çıtını çıkarmadan onu dinlemişti. Suçun her ayrıntısından *bıkmış* profesyonel dedektifler bile adamın hikâyesine büyük ilgi göstermişlerdi. Adam sözlerini bitirdikten sonra birkaç dakika sessizce oturduk. Bu sessizliği bozan, stenografi harfleriyle tuttuğu notlarına son dokunuşları yapan Lestrade'ın kaleminin sesi oldu.

"Biraz daha bilgi almak istediğim tek bir konu var," dedi Sherlock Holmes, en sonunda. "Yüzük için verdiğim ilana gelen suç ortağınız kimdi?"

Tutuklu, arkadaşıma şakacı bir şekilde göz kırptı. "Size kendi sırlarımı anlatabilirim," dedi, "ama başkalarının başını belaya sokamam. İlanınızı görünce bunun bir tuzak olabileceğini düşündüm ama o istediğim yüzük de olabilirdi. Arkadaşım gidip bakmak istedi. Bunu zekice yaptığı konusunda hemfikir olduğumuzu düşünüyorum."

"Ona ne şüphe," dedi Holmes, içtenlikle.

"Şimdi, beyler," dedi polis, ciddi bir ifadeyle, "artık kanunun şartları yerine getirilmeli. Tutuklu, perşembe günü yargıç karşısına çıkacak ve sizin de orada olmanız gerek. O zamana kadar ona ben göz kulak olacağım." Konuşurken zili çaldı ve Jefferson Hope iki muhafız tarafından götürüldü. Bu sırada ben ve arkadaşım polis merkezinden çıkıp Baker Sokağı'na dönmek üzere arabaya bindik.

7

SONUÇ

Perşembe günü yargıç karşısına çıkma konusunda hepimiz uyarılmıştık; ama perşembe günü gelip çattığında şahitliğimize gerek kalmadı. Daha yüksek bir yargıç davayı kendi üzerine almıştı ve Jefferson Hope adaletin keskin bir şekilde uygulanacağı mahkemeye çıkacaktı. Ama yakalandığı günün gecesi anevrizma geçirmişti ve sabah hücresinde, sanki ölürken güzel bir hayat ve başarıyla tamamladığı bir iş gözlerinin önünden geçmiş gibi, yüzünde sakin bir gülümsemeyle yerde yatarken bulunmuştu.

"Gregson ve Lestrade, Jefferson Hope'un ölüm haberini alınca öfkelenecekler," dedi Holmes, ertesi sabah konu hakkında sohbet ederken. "Şimdi kendi reklamlarını nasıl yapacaklar?"

"Adamın yakalanmasında pek paylarının olduğunu düşünmüyorum," diye cevapladım.

"Bu dünyada yaptıklarınızın ödülünü alamazsınız," dedi arkadaşım, içli bir şekilde. "Önemli olan, insanları yaptıklarınıza inandırmaktır. Her neyse," diye devam etti daha neşeli bir şekilde, biraz durduktan sonra. "Yine de bu soruşturmanın peşini bırakamazdım. Hatırladıklarımın arasında daha iyi bir vaka yok. Basit de olsa, öğretici çok noktası var."

"Basit mi?" diye çıkıştım.

"Yani, başka türlü tanımlanamazdı," dedi Sherlock Holmes, şaşkınlığıma gülümseyerek. "Basitliğinin kanıtı ise, birkaç sıradan çıkarımın yardımı dışında, suçluyu üç gün içinde yakalamamdır."

"Burası doğru," dedim.

"Genelden farklı olanın, bir engelden çok rehber olduğunu size daha önce anlatmıştım. Bu tür sorunları çözerken, en önemli şey geriye gidebilmektir. Bu çok önemli ve çok kolay bir yetenektir ama insanlar bunu pek yapmaz. Hayatın günlük rutininde ileri gitmek daha çok işe yarar ve diğer her şey göz ardı edilir. Sentezle akıl yürüten elli kişiye karşı, analizle akıl yürüten yalnızca bir kişi var."

"İtiraf etmeliyim ki," dedim, "söylediklerinizden pek bir şey anlamadım."

"Anlayacağınızı da pek sanmıyordum doğrusu. Biraz daha açık olmaya çalışayım. Çoğu insana bir dizi olaydan söz ederseniz, size sonucun ne olabileceğini söylerler. Zihinlerinde olayları birleştirebilir, buradan bir şeyler olabileceği sonucunu çıkarabilirler. Az sayıda insan ise onlara bir sonuçtan söz ettiğinizde, onları sonuca götüren basamakların ne olduğunu kendi zekâlarıyla bulabilir. Geriye yönelik ya da analitik akıl yürütmeden kastım bu yetenek."

"Anlıyorum," dedim.

"Bu vaka, sonucun elimizde olduğu ve geri kalan her şeyi kendi kendimize öğreneceğimiz bir vakaydı. Şimdi size akıl yürütürken izlediğim farklı adımlardan bahsedeyim. En başından başlayayım. Bildiğiniz üzere eve yayan olarak yaklaştım ve bu sırada aklımda hiçbir şey yoktu. Doğal olarak yolu inceleyerek başladım ve size daha önce bahsettiğim gibi, soruşturduktan sonra emin olduğum üzere, gece boyunca orada duran araba izlerini gördüm. Tekerleklerin darlığından, bunun şahsi bir fayton değil, bir atlı araba olduğunu anladım. Sıradan bir Londra arabası, şahsa ait bir faytondan çok daha dardır.

"Edindiğim ilk ipucu bu oldu. Sonra yavaşça, çamurla kaplı ve ipucu bulmaya olanak sağlayan bahçe yolundan yürüdüm. Size bu yalnızca ezilmiş, çamurlu bir yol olarak görünebilir ama deneyimli gözlerim yüzeydeki her izin bir anlamı olduğunu biliyor. Ayak izlerini takip etme sanatı kadar göz ardı edilmiş ama bir o kadar da önemli başka hiçbir dedektiflik bilimi yoktur. Neyse ki her zaman bu konuya çok dikkat ederim ve bu konuda çok çalıştığım için alışkanlık kazandım. Polis memurlarının ağır ayak izlerinin yanı sıra bahçeden geçen ilk iki adamınkileri de gördüm. Onların diğerlerinden önce buradan geçtiklerini söylemek kolaydı, çünkü yer yer izler tamamen üstlerine basan diğer ayaklar yüzünden silinmişti. Böylece, gece gelen ziyaretçilerin iki kişi olduğu, birinin uzun boylu (adımlarının genişliğinden hesapladığıma göre), diğerinin ise çizmelerinin bıraktığı küçük ve nazik izlere bakılırsa, iyi giyimli olduğu ortaya çıktı ve ikinci halkam da tamamlanmış oldu.

"Eve girince bu son çıkarım doğrulandı. Zarif çizmeli adam önümde yatıyordu. Demek ki cinayeti uzun boylu olan işlemişti. Tabii bu bir cinayetse. Ölen adamda hiç yara izi yoktu ama yüzündeki gergin ifadeden ölmeden önce kaderini öngörmüş olduğu anlaşılıyordu. Kalp rahatsızlıklarından ya da ani doğal etkenler nedeniyle ölen insanların yüzlerinde asla böyle ifadeler olmaz. Ölen adamın dudaklarını koklayınca hafif ekşi bir koku aldım ve zehirlendiğini düşündüm. Bu zehri içmeye zorlanmış olmasını da, yüzündeki nefret ve korku ifadesinden anladım. Bu sonuca eleme yöntemiyle vardım, çünkü diğer hiçbir hipotez bir işe yaramazdı. Bunun hiç duyulmamış bir fikir olduğunu sanmayın. Zehrin zorla içirilmesi, suç kayıtlarında kesinlikle yeni bir şey değil. Odessa'daki Dolsky vakası ve Montpellier'deki Leturier vakası toksikologların hemen aklına gelecektir.

"Şimdi ise sıra bu cinayetin nedenine geldi. Neden, hırsızlık değildi, çünkü hiçbir şey çalınmamıştı. Peki o zaman siyasi miydi, yoksa bir kadın meselesi miydi? Karşı karşıya kaldığım soru buydu. İkinci seçenek daha olasıydı. Siyasi cinayet işleyenler, işlerini bitirdikten sonra sırra kadem basarlar. Oysa bu cinayet, tam tersi olarak, tasarlanarak işlendi ve fail izlerini odanın her yerinde bırakarak bütün süre boyunca orada olduğunu gösterdi. Yöntemli bir intikamı andıran bu cinayet, siyasiden çok kişisel nedenlerle işlenmişe benziyordu. Duvardaki yazıyı görünce de bu fikre iyiden iyiye inandım. Yazı çok okunaksızdı. Yüzük bulunduğunda ise, sorunun cevabı açıklığa kavuşmuş oldu. Katil, belli ki bunu kurbanına ölen ya da ortadan kaybolan bir kadını hatırlatmak için yapmıştı. Bu noktada Gregson'a, Cleveland'a çektiği telgrafta Bay Drebber'ın önceki kariyerine dair herhangi bir ayrıntı isteyip istemediğini sordum. Sizin de hatırlayacağınız üzere, istemediğini söyledi.

"Sonra odayı dikkatlice inceledim ve katilin boyu konusunda emin oldum. Üstelik Trichinopoly purosu içtiğine ve tırnaklarının uzunluğuna dair de yeni ayrıntılar edindim.

Boğuşma izine rastlamadığım için, yerdeki kanın katilin heyecan yüzünden kanayan burnundan geldiği sonucuna zaten varmıştım. Kan izinin ayak iziyle kesiştiğini fark etmiştim. Çok kanlı canlı olmadığı sürece birinin heyecandan burnunun kanaması çok nadir görülen bir şey olduğu için, failin muhtemelen sağlıklı ve kırmızı yanaklı olduğu fikrine kapıldım.

"Evden ayrıldıktan sonra Gregson'ın gözden kaçırdığı işleri yapmaya başladım. Cleveland'daki polis şefine telgraf çektim ve sorularımı Enoch Drebber'ın evliliğine dair ayrıntılarla kısıtlı tuttum. Cevap manidardı. Bana Drebber'ın Jefferson Hope adındaki, karısına âşık eski düşmanına karşı koruma talep ettiği söylendi. Bu sırada da Hope, Avrupa'daymış. Sır perdesini aralayacak ipucunun elimde olduğunu anlamıştım. Artık yapmam gereken tek şey, katili yakalamaktı.

"Drebber'la birlikte eve giren adamın arabacıdan başkası olmadığına karar vermiştim. Yoldaki izler, üzerinde bir sürücü olduğu takdirde atın asla gitmeyeceği yöndeydi. Peki ya sürücü evde değilse nerede olabilirdi? Aklı başında biri bilinçli işlenmiş bir suçu, onu sırtından vuracağı kesin olan üçüncü bir şahsın gözünün önünde işlemezdi. Üstelik Londra'da birini takip etmenin en iyi yolu, arabacı olmaktı. Tüm bu varsayımlar sayesinde, Jefferson Hope'un şehirdeki arabacıların arasından bulunabileceği sonucuna vardım.

"Eğer gerçekten de arabacılık yapıyorsa, bu işe hemen son vermesi için hiçbir neden yoktu. Aksine, ona göre bu şekilde dikkatleri üzerine çekebilirdi. Muhtemelen, en azından bir süreliğine işine devam edecekti. Takma isim kullanmasının ise hiçbir mantığı yoktu. Gerçek ismini kimsenin bilmediği bir ülkede ismini neden değiştirsin ki? Ben de Sokak Çetesi dedektiflik birimini topladım ve onları düzenli olarak Londra'daki bütün araba sahiplerine yolladım. Ta ki istediğim adamı bulana kadar. Ne kadar başarılı oldukları ve bunu ne kadar çabuk fırsata çevirdiğimi hâlâ hatırlıyorsunuzdur. Stangerson'ın ölümü, hiç beklenmeyen bir durumdu ama hiçbir şekilde de önlenemezdi. Bu cinayeti ise, bildiğiniz üzere haplar sayesinde çözdüm. Hapların varlığını çoktan tahmin ediyordum. Gördüğünüz üzere her şey kusursuz bir mantık çerçevesinde ilerledi."

"Harikulade!" diye bağırdım. "Yeteneklerinizi herkes bilmeli. Vakayla ilgili bir açıklama yayımlamalısınız. Bunu siz yapmazsanız, ben yaparım."

"İstediğinizi yapmakta özgürsünüz, Doktor," diye cevapladı. "Bakın!" diye devam etti, bana doğru bir gazete uzatarak, "Şuna bir bakın!"

Bu, o günün *Echo* gazetesiydi ve gösterdiği paragraf, söz konusu vakaya ayrılmıştı.

"Halk," diyordu, "Bay Enoch Drebber ile Bay Joseph Stangerson'ın ölümüyle suçlanan Hope adındaki adamın ani ölümüyle hezeyana kapıldı. Vakanın ayrıntıları muhtemelen asla bilinmeyecek ama yetkili mercilerden edinilen bilgilere göre cinayet, aşkın ve Mormon inancının büyük rol oynadığı eski, saygın ve romantik bir kan davasının sonucudur. Görünüşe göre kurbanların ikisi de, gençlik günlerinde Son Zaman Azizleri üyesiydi ve merhum fail Hope ise Salt Lake City'den gelmişti. Vakanın başka etkileri olmasa bile, en azından polisimizin gücünü ortaya koymakta ve yabancılar için davalarını kendi ülkelerinde halletmeleri ve İngiliz topraklarına taşımamaları konusunda bir ders niteliği taşımaktadır. Bu zeki operasyonu yürütenler ise, Scotland Yard'ın herkesçe tanınan memurları Bay Lestrade ile Bay Gregson. Fail, dedektiflerimizin vereceği eğitimle zaman içinde onlara biraz yetişebilecek bir amatör olan Bay Sherlock Holmes'ün evinde yakalandı. İki dedektifin de üstün hizmetleri nedeniyle ödüllendirilmesi bekleniyor."

"Size bunu daha başında söylememiş miydim?" dedi Sherlock Holmes, bir kahkaha patlatarak. "İşte Kızıl Dosya'mızın sonucu: Onlar ödüllendirilecek!"

"Boş verin," diye cevapladım. "Her şey günlüğümde yazıyor ve halkın bunları bilmesi gerek. Bu sırada siz de başarınızın keyfini çıkarın, tıpkı Romalı bir paragözün söylediği gibi:

"'*Populus me sibilat, at mihi plaudo*
Ipse domi simul ac nummos contemplar in arca.'"*

* Horatius'un bir yapıtından Latince bir alıntı: "Halk beni yuhalıyor ama ben evimde, kasamdaki serveti düşünüp kendimi alkışlıyorum." *-çn*